名人与生活文丛

王干 主编

壶中日月长
文化名家谈饮酒

陆文夫等＼著

陈武＼选编

广陵书社

图书在版编目（CIP）数据

壶中日月长：文化名家谈饮酒 / 陆文夫等著 ；陈武选编. -- 扬州：广陵书社，2017.8
（名人与生活文丛 / 王干主编）
ISBN 978-7-5554-0846-8

Ⅰ．①壶… Ⅱ．①陆… ②陈… Ⅲ．①散文集－中国－现代②酒文化－中国 Ⅳ．①I266②TS971.22

中国版本图书馆CIP数据核字(2017)第220808号

书　　名　壶中日月长：文化名家谈饮酒
著　　者　陆文夫等著　陈武选编
责任编辑　王浩宇
出 版 人　曾学文

出版发行　广陵书社
　　　　　扬州市维扬路 349 号　　　邮编　225009
　　　　　http://www.yzglpub.com　E－mail:yzglss@163.com
印　　刷　三河市华东印刷有限公司

开　　本　880 毫米 ×1230 毫米　1/32
印　　张　6.5
字　　数　140 千字
版　　次　2018 年 1 月第 1 版第 1 次印刷
标准书号　ISBN 978-7-5554-0846-8
定　　价　39.80 元

前　言

据《吕氏春秋》《博物志》载，公元前785年，杜康父亲杜伯被周宣王杀害，杜康为躲避灾祸，逃到河南汝阳县一带做起了牧羊工。孤苦飘零、抑郁难舒的杜康难有好胃口，放牧时所带的秫米团常有剩余，便被杜康扔进附近的桑树洞中。日积月累，秫米团堆积甚多，突然一天，杜康发现桑树洞中多了些味道鲜美的透明液体。饮后但觉味道甘美，精神爽朗，于是便仿照这种方式，酿出秫酒。周平王迁都洛阳后，得以尝到杜康酒，认为口感绝佳，于是将其定为宫中御饮，封杜康为"酒仙"，赐名杜康村为"杜康仙庄"。

这便是酒的起源，公元前785年至今，恰三千年矣，三千年的传承，酒，已成为华夏文化非常重要的一个组成部分。"古来圣贤皆寂寞，惟有饮者留其名"（李白《将进酒》)，前有竹林七贤之刘伶，"饮杜康酒，一醉三年"，后有大侠古龙一生以酒为伴，最终以酒陪葬。哲理如"此中有真意，欲辨已忘言"（陶渊明《饮酒》）；豪放如"五花马，千金裘，呼儿将出换美酒，与尔同销万古愁"（李白《将进酒》）；无奈如"醉里挑灯看剑，梦回吹角连营"（辛弃疾《破阵子·为陈同甫赋壮词以寄之》）；闲适如"绿蚁新醅酒，红泥小火炉"（白居易《问刘十九》）。

不光是诗人们，酒文化已渗入中华大地的每一个角落。草莽豪杰有武松武二郎，景阳冈前豪饮十八碗，携"透瓶香"之冲天酒气，一顿拳脚了结了一只吊睛白额猛虎。统治者有魏武曹孟德感慨道："何以解忧，唯有杜康。"即便是闺阁中的黛玉，也要"须得热热的喝口烧酒"。

酒，既能使人忘记烦恼，忘记哀愁，也能助人雅兴，壮人胆色；可将生活中的抑郁之气抛却脑后，亦可激发潜能，催生斗志；不但能帮助睡眠，还能提神醒脑。酒真是有趣呀，可上可下，宜正宜反，且两面之间，仅差毫厘。若善饮者则欲取所需，随手拈来；若不善饮者，则望酒兴叹，徒呼奈何。内中学问，呜呼高哉。

文人雅士与酒，从来都有天然的缘分，醺醺然、陶陶然之下，文思泉涌，斗酒诗百篇。本书精选现代文化大家谈酒的文章，给读者朋友们展示一个文人大家们的酒世界。

目 录

谈　酒

□ 周作人

这个年头儿，喝酒倒是很有意思的。我虽是京兆人，却生长在东南的海边，是出产酒的有名地方。我的舅父和姑父家里时常做几缸自用的酒，但我终于不知道酒是怎么做法，只觉得所用的大约是糯米，因为儿歌里说，"老酒糯米做，吃得变nionio"——末一字是本地叫猪的俗语。做酒的方法与器具似乎都很简单，只有煮的时候的手法极不容易，非有经验的工人不办，平常做酒的人家大抵聘请一个人来，俗称"酒头工"，以自己不能喝酒者为最上，叫他专管鉴定煮酒的时节。有一个远房亲戚，我们叫他"七斤公公"，——他是我舅父的族叔，但是在他家里做短工，所以舅母只叫他作"七斤老"，有时也听见她叫"老七斤"，是这样的酒头工，每年去帮人家做酒；他喜吸旱烟，说玩话，打马将，但是不大喝酒（海边的人喝一两碗是不算能喝，照市价计算也不值十文钱的酒），所以生意很好，时常跑一二百里路被招到诸暨、嵊县去。据他说这实在并不难，只须走到缸边屈着身听，听见里边起泡的声音切切察察的，好像是螃蟹吐沫（儿童称为蟹煮饭）的样子，便拿来煮就得了；早一点酒还未成，迟一点就变酸了。但是怎么是恰好的时期，别人仍不能知道，只有听熟的耳朵才能够断定，正如骨董家的眼睛辨别古物一样。

大人家饮酒多用酒钟，以表示其斯文，实在是不对的。正当的喝法是用一种酒碗，浅而大，底有高足，可以说是古已有之的香宾杯。平常起码总是两碗，合一"串筒"，价值似是六文一碗。串筒略如倒写的凸字，上下部如一与三之比，以洋铁为之，无盖无嘴，可倒而不可筛，据好酒家说酒以倒为正宗，筛出来的不大好吃。唯酒保好于量酒之前先"荡"（置于水器内，摇荡而洗涤之谓）串筒，荡后往往将清水之一部分留在筒内，客嫌酒淡，常起争执。故喝酒老手必先戒堂馆以勿荡串筒，并监视其量好放在温酒架上。能饮者多索竹叶青，通称曰"本色"，"元红"系状元红之略，则着色者，唯外行人喜饮之。在外省有所谓花雕者，唯本地酒店中却没有这样东西。相传昔时人家生女，则酿酒贮花雕（一种有花纹的酒坛）中，至女儿出嫁时用以饷客，但此风今已不存，嫁女时偶用花雕，也只临时买元红充数，饮者不以为珍品。有些喝酒的人预备家酿，却有极好的，每年做醇酒若干坛，按次第埋园中，二十年后掘取，即每岁皆得饮二十年陈的老酒了。此种陈酒例不发售，故无处可买，我只有一回在旧日业师家里喝过这样好酒，至今还不曾忘记。

我既是酒乡的一个土著，又这样的喜欢谈酒，好像一定是个与"三酉"结不解缘的酒徒了。其实却大不然。我的父亲是很能喝酒的，我不知道他可以喝多少，只记得他每晚用花生米、水果等下酒，且喝且谈天，至少要花费两点钟，恐怕所喝的酒一定很不少了。但我却是不肖，不，或者可以说有志未遂，因为我很喜欢喝酒而不会喝，所以每逢酒宴我总是第一个醉与脸红的。自从辛酉患病后，医生叫我喝酒以代药饵，定量是勃阑地每回二十格阑姆，蒲桃酒与老酒等倍之，六年以后酒量一点没有进步，到现在只要喝下一百格阑姆的花雕，便立刻变成关夫子了（以前大家笑谈称作"赤化"，此刻自然应当谨慎，虽然是说笑话）。有些有不醉之量的，愈饮愈是脸白的朋友，我觉得非常可以欣羡，只可惜他们愈能喝酒便愈不肯喝酒，好像是美人之不肯显示她的颜色，这实在是太不应该了。

黄酒比较的便宜一点，所以觉得时常可以买喝，其实别的酒也未尝不好。白干于我未免过凶一点，我喝了常怕口腔内要起泡，山西的汾酒与北京的莲花白虽然可喝少许，也总觉得不很和善。日本的清酒我颇喜欢，只是仿佛新酒模样，味道不很静定。葡萄酒与橙皮酒都很可口，但我以为最好的还是勃阑地。我觉得西洋人不很能够了解茶的趣味，至于酒则很有工夫，决不下于中国。天天喝洋酒当然是一个大的漏卮，正如吸烟卷一般，但不必一定进国货党，咬定牙根要抽净丝，随便喝一点什么酒其实都是无所不可的，至少是我个人这样的想。

喝酒的趣味在什么地方？这个我恐怕有点说不明白。有人说，酒的乐趣是在醉后的陶然的境界，但我不很了解这个境界是怎样的，因为我自饮酒以来似乎不大陶然过，不知怎的我的醉大抵都只是生理的，而不是精神的陶醉。所以照我说来，酒的趣味只是在饮的时候，我想悦乐大抵在做的这一刹那，倘若说是陶然那也当是杯在口的一刻罢。醉了，困倦了，或者应当休息一会儿，也是很安舒的，却未必能说酒的真趣是在此间。昏迷，梦魇，呓语，或是忘却现世忧患之一法门；其实这也是有限的，倒还不如把宇宙性命都投在一口美酒里的耽溺之力还要强大。我喝着酒，一面也怀着"杞天之虑"，生恐强硬的礼教反动之后将引起颓废的风气，结果是借醇酒妇人以避礼教的迫害，沙宁（Sanin）时代的出现不是不可能的。但是，或者在中国什么运动都未必彻底成功，青年的反拨力也未必怎么强盛，那么杞天终于只是杞天，仍旧能够让我们喝一口非耽溺的酒也未可知。倘若如此，那时喝酒又一定另外觉得很有意思了吧？

1926 年 6 月 20 日，于北京。

沙坪的美酒

□ 丰子恺

　　胜利快来到了。逃难的辛劳渐渐忘却了。我住在重庆郊外的沙坪坝庙湾特五号自造的抗建式小屋中的数年间，晚酌是每日的一件乐事，是白天笔耕的一种慰劳。

　　我不喜吃白酒，味近白酒的白兰地，我也不要吃。巴拿马赛会得奖的贵州茅台酒，我也不要吃。总之，凡白酒之类的，含有多量酒精的酒，我都不要吃。所以我逃难中住在广西贵州的几年，差不多戒酒。因为广西的山花，贵州的茅台，均含有多量酒精，无论本地人说得怎样好，我都不要吃。

　　由贵州茅台酒的产地遵义迁居到重庆沙坪坝之后，我开始恢复晚酌，酌的是"渝酒"，即重庆人仿造的黄酒。

我所以不喜白酒而喜黄酒，原因很简单：就为了白酒容易醉，而黄酒不易醉。"吃酒图醉，放债图利"，这种功利的吃酒，实在不合于吃酒的本旨。吃饭，吃药，是功利的。吃饭求饱，吃药求愈，是对的。但吃酒这件事，性状就完全不同。吃酒是为兴味，为享乐，不是求其速醉。譬如二三人情投意合，促膝谈心，倘添上各人一杯黄酒在手，话兴一定更浓。吃到三杯，心窗洞开，真情挚语，娓娓而来。古人所谓"酒三昧"，即在于此。但决不可吃醉，醉了，胡言乱道，诽谤唾骂，甚至呕吐，打架。那真是不会吃酒，违背吃酒的本旨了。所以吃酒决不是图醉。所以容易醉人的酒决不是好酒。巴拿马赛会的评判员倘换了我，一定把一等奖给绍兴黄酒。

沙坪的酒，当然远不及杭州上海的绍兴酒。然而"使人醺醺而不醉"，这重要条件是具足了的。人家都讲究好酒，我却不大关心。有的朋友把从上海坐飞机来的真正"陈绍"送我。其酒固然比沙坪的酒气味清香些，上口舒适些；但其效果也不过是"醺醺而不醉"。在抗战期间，请绍酒坐飞机，与请洋狗坐飞机有相似的意义。这意义所给人的不快，早已抵消了其气味的清香与上口的舒适了。我与其吃这种绍酒，宁愿吃沙坪的渝酒。

"醉翁之意不在酒"，这真是善于吃酒的人说的至理名言。我抗战期间在沙坪小屋中的晚酌，正是"意不在酒"。我借饮酒作为一天的慰劳，又作为家庭聚会的一种助兴品。在我看来，晚餐是一天的大团圆。我的工作完毕了；读书的、办公的孩子们都回来了；家离市远，访客不再光临了；下文是休息和睡眠，时间尽可从容了。若是这大团圆的晚餐只有饭菜而没有酒，则不能延长时间，匆匆地把肚皮吃饱就散场，未免太少兴趣。况且我的吃饭，从小养成一种快速习惯，要慢也慢不来。有的朋友吃一餐饭能消磨一两小时，我不相信他们如何吃法。在我，吃一餐饭至多只花十分钟。这是我小时从李叔同先生学钢琴时养成的习惯。那时我在师范学校读书，只有吃午饭（十二点）后到一点钟上课的时间，和吃夜饭（六点）后到七点钟上自修的时间，是教弹琴的时间。我十二点吃午饭，十二点一刻须得到弹琴室；六点钟吃夜饭，六点一刻须得到弹琴室。吃饭，洗碗，洗面，都要在十五分钟内了结。这样的数年，使我养成了快吃的习惯。后来虽无快吃的必要，但我仍是非快不可。这就好比反刍类的牛，野生时代因为怕狮虎侵害而匆匆吞入胃内，急忙回到洞内，再吐出来细细地咀嚼，养成了反刍的习惯；做了家畜以后，虽无快吃的必要，但它仍是要反刍。如果有人劝我慢慢吃，在我是一件苦事。因为慢吃违背了惯性，很不自然，很不舒服。一天的大团圆的晚餐，倘使我以十分钟了事，岂不太草草了？所以我的晚酌，意不在酒，是要借饮酒来延长晚餐的时间，增加晚餐的兴味。

沙坪的晚酌，回想起来颇有兴味。那时我的儿女五人，正在大学或专科或高中求学，晚上回家，报告学校的事情，讨论学业的问题。他们的身体在我的晚酌中渐渐高大起来。我在晚酌中看他们升级，看他们毕业，看他们任职。就差一个没有看他们结婚。在晚酌中看成群的儿女长大成人，照一般的人生观说来是"福气"，照我的人生观说来只是"兴味"。这好比饮酒赏春，眼看花草树木，欣欣向荣；自然的美，造物的用意，神的恩宠，我在晚酌中历历地感到了。陶渊明诗云："试酌百情远，重觞忽忘天。"我在晚酌三杯以后，便能体会这两句诗的真味。我曾改古人诗云："满眼儿孙身外事，闲将美酒对银灯。"因为沙坪小屋的电灯特别明亮。

还有一种兴味，却是千载一遇的：我在沙坪小屋的晚酌中，眼看抗战局势的好转。我们白天各自看报，晚餐桌上大家报告讨论。我在晚酌中眼看东京的大轰炸，墨索里尼的被杀，德国的败亡，独山的收复，直到波士坦宣言的发出，八月十日夜日本的无条件投降。我的酒味越吃越美。我的酒量越吃越大，从每晚八两增加到一斤。大家说我们的胜利是有史以来的一大奇迹。我的胜利的欢喜，是在沙坪小屋晚上吃酒吃出来的！所以我确认，世间的美酒，无过于沙坪坝的四川人仿造的渝酒。我有生以来，从未吃过那样的美酒。即如现在，我已"胜利复员，荣归故乡"；故乡的真正陈绍，比沙坪坝的渝酒好到不可比拟，我也照旧每天晚酌；然而味道远不及沙坪的渝酒。因为晚酌的下酒物，不是物价狂涨，便是盗贼蜂起；不是贪污舞弊，便是横暴压迫。沙坪小屋中的晚酌的那种兴味，现在已经不可复得了！唉，我很想回重庆去，再到沙坪小屋里去吃那种美酒。

1947 年 2 月于杭州。

吃　酒

□ 丰子恺

　　酒，应该说饮，或喝。然而我们南方人都叫吃。古诗中有"吃茶"，那么酒也不妨称吃。说起吃酒，我忘不了下述几种情境：

　　二十多岁时，我在日本结识了一个留学生，崇明人黄涵秋。此人爱吃酒，富有闲情逸致。我二人常常共饮。有一天风和日暖，我们乘小火车到江之岛去游玩。这岛临海的一面，有一片平地，芳草如茵，柳阴如盖，中间设着许多矮榻，榻上铺着红毡毯，和环境作成强烈的对比。我们两人踞坐一榻，就有束红带的女子来招待。"两瓶正宗，两个壶烧。"正宗是日本的黄酒，色香味都不亚于绍兴酒。壶烧是这里的名菜，日本名叫

吃
酒

009

tsuboyaki，是一种大螺蛳，名叫荣螺（sazae），约有拳头来大，壳上生许多刺，把刺修整一下，可以摆平，像三足鼎一样。把这大螺蛳烧杀，取出肉来切碎，再放进去，加入酱油等调味品，煮熟，就用这壳作为器皿，请客人吃。这器皿像一把壶，所以名为壶烧。其味甚鲜，确是侑酒佳品。用的筷子更佳：这双筷用纸袋套好，纸袋上印着"消毒割箸"四个字，袋上又插着一个牙签，预备吃过之后用的。从纸袋中拔出筷来，但见一半已割裂，一半还连接，让客人自己去裂开来。这木头是消毒过的，而且没有人用过，所以用时心地非常快适。用后就丢弃，价廉并不可惜。我赞美这种筷，认为是世界上最进步的用品。西洋人用刀叉，太笨重，要洗过方能再用；中国人用竹筷，也是洗过再用，很不卫生，即使是象牙筷也不卫生。日本人的消毒割箸，就同牙签一样，只用一次，真乃一大发明。他们还有一种牙刷，非常简单，到处杂货店发卖，价钱很便宜，也是只用一次就丢弃的。于此可见日本人很有小聪明。且说我和老黄在江之岛吃壶烧酒，三杯入口，万虑皆消。海鸟长鸣，天风振袖。但觉心旷神怡，仿佛身在仙境。老黄爱调笑，看见年轻侍女，就和她搭讪，问年纪，问家乡，引起她身世之感，使她掉下泪来。于是临走多给小帐，约定何日重来。我们又仿佛身在小说中了。

又有一种情境，也忘不了。吃酒的对手还是老黄，地点却在上海城隍庙里。这里有一家素菜馆，叫做春风松月楼，百年老店。名闻遐迩。我和老黄都在上海当教师，每逢闲暇，便相约去吃素酒。我们的吃法很经济：两斤酒，两碗"过浇面"，一碗冬菇，一碗十景。所谓过浇，就是浇头不浇在面上，而另盛在碗里，作为酒菜。等到酒吃好了，才要面底子来当饭吃。人们叫别了，常喊作"过桥面"。这里的冬菇非常肥鲜，十景也非常入味。浇头的分量不少，下酒之后，还有剩余，可以浇在面上。我们常常去吃，后来那堂倌熟悉了，看见我们进去，就叫"过桥客人来了，请坐请坐！"现在，老黄早已作古，这素菜馆也改头换面，不可复识了。

另有一种情境，则见于患难之中。那年日本侵略中国，石门湾沦陷，我们一家老幼九人逃到杭州，转桐庐，在城外河头上租屋而居。那屋主姓盛，兄弟四人。我们租住老三的屋子，隔壁就是老大，名叫宝函。他有一个孙子，名叫贞谦，约十七八岁，酷爱读书，常常来向我请教问题，因此宝函也和我要好，常常邀我到他家去坐。这老翁年约六十多岁，身体很健康，常常坐在一只小桌旁边的圆鼓凳上。我一到，他就请我坐在他对面的椅子上。站起身来，揭开鼓凳的盖，拿出一把大酒壶来，在桌上的杯子里满满地斟了两盅；又向鼓凳里摸出一把花生米来，就和我对酌。他的鼓凳里装着棉絮，酒壶裹在棉絮里，可以保暖，斟出来的两碗黄酒，热气腾腾。酒是自家酿的，色香味都上等。我们就用花生米下酒，一面闲谈。谈的大都是关于他的孙子贞谦的事。他只有这孙子，很疼爱他。说"这小人一天到晚望书，身体不好……"望书即看书，是桐庐土白。我用空话安慰他，骗他酒吃。骗得太多，不好意思，我准备后来报谢他。但我们住在河头上不到一个月，杭州沦陷，我们匆匆离去，终于没有报谢他的酒惠。现在，这老翁不知是否在世，贞谦已入中年，情况不得而知。

最后一种情境，见于杭州西湖之畔。那时我僦居在里西湖招贤寺隔壁的小平屋里，对门就是孤山，所以朋友送我一副对联，叫做"居邻葛岭招贤寺，门对孤山放鹤亭"。家居多暇，则闲坐在湖边的石凳上，欣赏湖光山色。每见一中年男子，蹲在岸上，向湖边垂钓。他钓的不是鱼，而是虾。钓钩上装一粒饭米，挂在岸石边。一会儿拉起线来，就有很大的一只虾。其人把它关在一个瓶子里。于是再装上饭米，挂下去钓。钓得了三四只大虾，他就把瓶子藏入藤篮里，起身走了。我问他："何不再钓几只？"他笑着回答说："下酒够了。"我跟他去，见他走进岳坟旁边的一家酒店里，拣一座头坐下了。我就在他旁边的桌上坐下，叫酒保来一斤酒，一盆花生米。他也叫一斤酒，却不叫菜，取出瓶子来，用钓丝缚住了这三四只虾，拿到酒保烫酒的开水里去一浸，不久取出，虾已经变成红色了。他向酒保要一小碟酱油，就用虾下酒。我看他吃菜很省，一只虾要吃很久，由此可知此人是个酒徒。

此人常到我家门前的岸边来钓虾。我被他引起酒兴，也常跟他到岳坟去吃酒。彼此相熟了，但不问姓名。我们都独酌无伴，就相与交谈。他知道我住在这里，问我何不钓虾。我说我不爱此物。他就向我劝诱，尽力宣扬虾的滋味鲜美，营养丰富。又教我钓虾的窍门。他说："虾这东西，爱躲在湖岸石边。

你倘到湖心去钓，是永远钓不着的。这东西爱吃饭粒和蚯蚓。但蚯蚓龌龊，它吃了，你就吃它，等于你吃蚯蚓。所以我总用饭粒。你看，它现在死了，还抱着饭粒呢。"他提起一只大虾来给我看，我果然看见那虾还抱着半粒饭。他继续说："这东西比鱼好得多。鱼，你钓了来，要剖，要洗，要用油盐酱醋来烧，多少麻烦。这虾就便当得多：只要到开水里一煮，就好吃了。不需花钱，而且新鲜得很。"他这钓虾论讲得头头是道，我真心赞叹。

这钓虾人常来我家门前钓虾，我也好几次跟他到岳坟吃酒，彼此熟识了，然而不曾通过姓名。有一次，夏天，我带了扇子去吃酒。他借看我的扇子，看到了我的名字，吃惊地叫道："啊，我有眼不识泰山！"于是叙述他曾经读过我的随笔和漫画，说了许多仰慕的话。我也请教他姓名，知道他姓朱，名字现已忘记，是在湖滨旅馆门口摆刻字摊的。下午收了摊，常到里西湖来钓虾吃酒。此人自得其乐，甚可赞佩。可惜不久我就离开杭州，远游他方，不再遇见这钓虾的酒徒了。

写这篇琐记时，我久病初愈，酒戒又开。回想上述情景，酒兴顿添。正是"昔年多病厌芳樽，今日芳樽唯恐浅"。

湖畔夜饮

□ 丰子恺

　　前天晚上，四位来西湖游春的朋友，在我的湖畔小屋里饮酒。酒阑人散，皓月当空。湖水如镜，花影满堤。我送客出门，舍不得这湖上的春月，也向湖畔散步去了。柳阴下一条石凳，空着等我去坐。我就坐了，想起小时在学校里唱的春月歌："春夜有明月，都作欢喜相。每当灯火中，团团清辉上。人月交相庆，花月并生光。有酒不得饮，举杯献高堂。"觉得这歌词温柔敦厚，可爱得很！又念现在的小学生，唱的歌粗浅俚鄙，没有福分唱这样的好歌，可惜得很！回味那歌的最后两句，觉得我高堂俱亡，虽有美酒，无处可献，又感伤得很！三个"得很"逼得我立起身来，缓步回家。不然，恐怕把老泪掉在湖堤上，要被月魄花灵所笑了。

回进家门，家中人说，我送客出门之后，有一上海客人来访，其人名叫CT（编者注，CT即西谛，郑振铎笔名），住在葛岭饭店。家中人告诉他，我在湖畔看月，他就向湖畔去找我了。这是半小时以前的事，此刻时钟已指十时半。我想，CT找我不到，一定已经回旅馆去歇息了。当夜我就不去找他，管自睡觉了。第二天早晨，我到葛岭饭店去找他，他已经出门，茶役正在打扫他的房间。我留了一张名片，请他正午或晚上来我家共饮。正午，他没有来。晚上，他又没有来。料想他这上海人难得到杭州来，一见西湖，就整日寻花问柳，不回旅馆，没有看见我留在旅馆里的名片。我就独酌，照例倾尽一斤。

黄昏八点钟，我正在酩酊之余，CT来了。阔别十年，身经浩劫，他反而胖了，反而年轻了。他说我也还是老样子，不过头发白些。"十年离乱后，长大一相逢，问姓惊初见，称名忆旧容。"这诗句虽好，我们可以不唱。略略几句寒暄之后，我问他吃夜饭没有。他说，他是在湖滨吃了夜饭，——也饮一斤酒，——不回旅馆，一直来看我的。我留在他旅馆里的名片，他根本没有看到。我肚里的一斤酒，在这位青年时代共我在上海豪饮的老朋友面前，立刻消解得干干净净，清清醒醒。我说："我们再吃酒！"他说："好，不要什么菜蔬。"窗外有些微雨，月色朦胧。西湖不像昨夜的开颜发艳，却有另一种轻颦浅笑，温润静穆的姿态。昨夜宜于到湖边步月，今夜宜于在灯前和老友共饮。"夜雨剪春韭"，多么动人的诗句！可惜我没有家园，不曾种韭。即使我有园种韭，这晚上也不想去剪来和 CT 下酒。因为实际的韭菜，远不及诗中的韭菜的好吃。照诗句实行，是多么愚笨的事呀！

女仆端了一壶酒和四只盆子出来，酱鸭，酱肉，皮蛋和花生米，放在收音机旁的方桌上。我和 CT 就对坐饮酒。收音机上面的墙上，正好贴着一首我写的，数学家苏步青的诗："草草杯盘共一欢，莫因柴米话辛酸。春风已绿门前草，且耐余寒放眼看。"有了这诗，酒味特别的好。我觉得世间最好的酒肴，莫如诗句。而数学家的诗句，滋味尤为纯正。因为我又觉得，别的事都可有专家，而诗不可有专家。因为做诗就是做人。人做得好的，诗也做得好。倘说做诗有专家，非专家不能做诗，就好比说做人有专家，非专家不能做人，岂不可笑？因此，有些"专家"的诗，我不爱读。因为他们往往爱用古典，蹈袭传统；咬文嚼字，卖弄玄虚；扭扭捏捏，装腔作势；甚至神经过敏，出神见鬼。而非专家的诗，倒是直直落落，明明白白，天真自然，纯正朴茂，可爱得很。樽前有了苏步青的诗，桌上酱鸭，酱肉，皮蛋和花生米，味同嚼蜡；唾弃不足惜了！

我和 CT 共饮，另外还有一种美味的酒肴！就是话旧。阔别十年，身经浩劫。他沦陷在孤岛上，我奔走于万山中。可惊可喜，可歌可泣的话，越谈越多。谈到酒酣耳热的时候，话声都变了呼号叫啸，把睡在隔壁房间里的人都惊醒。谈到二十余年前他在宝山路商务印书馆当编辑，我在江湾立达学园教课时的事，他要看看我的子女阿宝，软软和瞻瞻——《子恺漫画》

里的三个主角，幼时他都见过的。瞻瞻现在叫做丰华瞻，正在北平北大研究院，我叫不到；阿宝和软软现在叫丰陈宝和丰宁馨，已经大学毕业而在中学教课了，此刻正在厢房里和她们的弟妹们练习平剧！我就喊她们来"参见"。CT用手在桌子旁边的地上比比，说："我在江湾看见你们时，只有这么高。"她们笑了，我们也笑了。这种笑的滋味，半甜半苦，半喜半悲。所谓"人生的滋味"，在这里可以浓烈地尝到。CT叫阿宝"大小姐"，叫软软"三小姐"。我说："《花生米不满足》《瞻瞻新官人，软软新娘子，宝姐姐做媒人》《阿宝两只脚，凳子四只脚》等画，都是你从我的墙壁上揭去，制了锌板在《文学周报》上发表的，你这老前辈对她们小孩子又有什么客气！依旧叫'阿宝'、'软软'好了。"大家都笑。人生的滋味，在这里又浓烈地尝到了。我们就默默地干了两杯。我见CT的豪饮，不减二十余年前。我回忆起了二十余年前的一件旧事，有一天，我在日升楼前，遇见CT。他拉住我的手说："子恺，我们吃西菜去。"我说"好的"。他就同我向西走，走到新世界对面的晋隆西菜馆楼上，点了两客公司菜。外加一瓶白兰地。吃完之后，仆欧送账单来。CT对我说："你身上有钱吗？"我说"有！"摸出一张五元钞票来，把账付了。于是一同下楼，各自回家——他回到闸北，我回到江湾。过了一天，CT到江湾来看我，摸出一张拾元钞票来，说："前天要你付账，今天我还你。"我惊奇而又发笑，说："账回过算了，何必还我？更何必加倍还我呢？"我定要把拾元钞票塞进他的西装袋里去，他定要拒绝。坐在旁边的立达同事刘薰宇，就过来抢了这张钞票去，说："不要客气，拿到新江湾小店里去吃酒吧！"大家赞成。于是号召了七八个人，夏丏尊先生，匡互生，方光焘都在内，到新江湾的小酒店里去吃酒。吃完这张拾元钞票时，大家都已烂醉了。此情此景，憬然在目。如今夏先生和匡互生均已作古，刘薰宇远在贵阳，方光焘不知又在何处。只有CT仍旧在这里和我共饮。这岂非人世难得之事！我们又浮两大白。

夜阑饮散，春雨绵绵。我留CT宿在我家，他一定要回旅馆。我给他一把伞，看他的高大的身子在湖畔柳阴下的细雨中渐渐地消失了。我想："他明天不要拿两把伞来还我！"

卅七（1948）年三月廿八日夜于湖畔小屋。

谈 酒

□ 台静农

不记得什么时候同一友人谈到青岛有种苦老酒，而他这次竟从青岛带了两瓶来，立时打开一尝，果真是隔了很久而未忘却的味儿。我是爱酒的，虽喝过许多地方不同的酒，却写不出酒谱，因为我非知味者，有如我之爱茶，也不过因为不惯喝白开水的关系而已。我于这苦老酒却是喜欢的，但只能说是喜欢。普通的酒味不外辣和甜，这酒却是焦苦味，而亦不失其应有的甜与辣味；普通酒的颜色是白或黄或红，而这酒却是黑色，像中药水似的。原来青岛有一种叫做老酒的，颜色深黄，略似绍兴花雕。某年一家大酒坊，年终因酿酒的高粱预备少了，不足供应平日的主顾，仓猝中拿已经酿过了的高粱，锅上重炒，再行酿出，结果，大家都以为比平常的酒还好，因其焦苦和黑色，故叫作苦老酒。这究竟算得苦老酒的发明史与否，不能确定，我不过这样听来的。可是中国民间的科学方法，本来就有些不就范，例如贵州茅台村的酒，原是山西汾酒的酿法，结果其芳冽与回味，竟大异于汾酒。

济南有种兰陵酒，号称为中国的白兰地，济宁又有一种金波酒，也是山东的名酒之一，苦老酒与这两种酒比，自然无其名贵，但我所喜欢的还是苦老酒，可也不因为它的苦味与黑色，而是喜欢它的乡土风味。即如它的色与味，就十足的代表它的乡土风，不像所有的出口货，随时在叫人"你看我这才是好货色"的神情；同时我又因它对于青岛的怀想，却又不是游子忽然见到故乡的物事的怀想，因为我没有这种资格，有资格的朋友于酒又无兴趣，偏说这酒有什么好喝？我仅能借此怀想昔年在青岛作客时的光景：不见汽车的街上，已经开设了不止一代的小酒楼，虽然一切设备简陋，却不是一点名气都没有，楼上灯火明濛，水汽昏然，照着各人面前酒碗里浓黑的酒，虽然外面的东北风带了哨子，我们却是酒酣耳热的。现在怀想，不免有点怅惘，但是当时若果喝的是花雕或白干一类的酒，则这一点怅惘也不会有的了。

说起乡土风的酒，想到在四川白沙时曾经喝过的一种叫做杂酒的，这酒是将高粱等原料装在瓦罐里，用纸密封，再涂上石灰，待其发酵成酒。宴会时，酒罐置席旁茶几上，罐下设微火，罐中植一笔管粗的竹筒，客更次离席走三五步，俯下身子，就竹筒吸饮，时时注以白开水，水浸罐底，即变成酒，故竹筒必伸入罐底。据说这种酒是民间专待新姑爷用的，二十七年秋我初到白沙时，还看见酒店里一罐一罐堆着——却不知其为酒，后来我喝到这酒时，市上早已不见有卖的了，想这以后即使是新姑爷也喝不着了。

杂酒的味儿，并不在苦老酒之下，而杂酒且富有原始味。一则它没有颜色可以辨别，再则大家共吸一竹筒，不若分饮为佳——如某夫人所说，有次她刚吸上来，忽又落下去，因想别人也免不了如此，从此她再不愿喝杂酒了。据白沙友人说，杂酒并非当地土酿，而是苗人传来的，大概是的。李宗昉的《黔记》云："咂酒一名重阳酒，以九日贮米于瓮而成，他日味劣，以草塞瓶头，临饮注水平口，以通节小竹插草内吸之，视水容若干征饮量，苗人富者以多酿此为胜。"是杂酒之名，当系咂酒之误，而重阳酒一名尤为可喜，以易引人联想，九月天气，风高气爽，正好喝酒，不关昔人风雅也。又陆次云《峒溪县志》云："咂酒一名约藤酒，以米杂草子为之，以火酿成，不刍不酢，以藤吸取，多有以鼻饮者，谓由鼻入喉，更有异趣。"此又名约藤酒者，以藤吸引之故，似没有别的意思。

据上面所引，所谓杂酒者，无疑义的是苗人的土酿了，却又不然。《星槎胜览》卷一"占城国"云："鱼不腐烂不食，酿不生蛆不为美酒，以米拌药丸和入瓮中，封固如法，收藏日久，其糟生蛆为佳酿。他日开封用长节竹竿三四尺者，插入糟瓮中，或团坐五人，量人入水多寡，轮次吸竹，引酒入口，吸尽再入水，若无味则止，有味留封再用。"《星槎胜览》作者费信，明永乐七年随郑和、王景宏下西洋者，据云到占城时，正是当年十二月，《胜览》所记，应是实录。占城在今之安南，亦称占婆，马氏 Georges Maspero 的《占婆史》，考证占城史事甚详，独于占城的酿酒法，不甚了了。仅据《宋史·诸蕃志》云："不知酝酿之法，止饮椰子酒。"此外引新旧唐志云："槟榔汁为酒"云云，马氏且加按语云："今日越南本岛居民，未闻有以槟榔酿酒之事。"这样看来，马氏为占婆史时，似未参考《胜览》也。本来考订史事，谈何容易，即如现在我们想知道一种土酒的来源，就不免生出纠葛来，一时不能断定它的来源，只能说它是西南半开化民族一种普通的酿酒法，而且在五百年前就有了。

1947 年 10 月。

我与老舍与酒

报纸上登载，重庆的朋友预备为老舍兄举行写作二十年纪念，这确是一桩可喜的消息。因为二十年不算短的时间，一个人能不断地写作下去，并不是容易的事，我也想写作过——在十几年以前，也许有二十年了，可是开始之年，也就是终止之年，回想起来，惟有惘然，一个人生命的空虚，终归是悲哀的。

我在青岛山东大学教书时，一天，他到我宿舍来，送我一本新出版的《老牛破车》，我同他说，"我喜欢你的《骆驼祥子》"，那时似乎还没有印出单行本，刚在《宇宙风》上登完。他说，"只能写到那里了，底下咱不便写下去了。"笑着，"嘻嘻"的——他老是这样神气的。

我初到青岛，是二十五年秋季，我们第一次见面，便在这样的秋末冬初，先是久居青岛的朋友请我们吃饭，晚上，在一家老饭庄，室内的陈设，像北平的东兴楼。他给我的印象，面目有些严肃，也有些苦闷，又有些世故；偶然冷然的冲出一句两句笑话时，不仅仅大家轰然，他自己也"嘻嘻"的笑，这又是小孩样的天真呵。

从此，我们便厮熟了，常常同几个朋友吃馆子，喝着老酒，黄色，像绍兴的竹叶青，又有一种泛紫黑色的，味苦而微甜。据说同老酒一样的原料，故叫作苦老酒，味道是很好的，不在绍兴酒之下。直到现在，我想到老舍兄时，便会想到苦老酒。有天傍晚，天气阴霾，北风虽不大，却马上就要下雪似的，老舍忽然跑来，说有一家新开张的小馆子，卖北平的炖羊肉，于是同石荪、仲纯两兄一起走在马路上，我私下欣赏着老舍的皮马褂，确实长得可以，几乎长到皮袍子一大半，我在北平中山公园看过新元史的作者八十岁翁穿过这么长的一件外衣，他这一身要算是第二件了。

那时他专门在从事写作，他有一个温暖的家，太太温柔地照料着小孩，更照料着他，让他安静地每天写两千字。放着笔时，总是带着小女儿，在马路上大叶子的梧桐树下散步，春夏之交的时候，最容易遇到他们。仿佛往山东大学入市，拐一弯，再走三四分钟路，就是他住家邻近的马路，头发修整，穿着浅灰色西服，一手牵着一个小孩子，远些看有几分清癯，却不文弱，——原来他每天清晨，总要练一套武术的，他家的走廊上就放着一堆走江湖人的家伙，我认识其中一支戴红缨的标枪。

廿六年七月一日，我离青岛去北平，接着七七事变，八月中我又从天津搭海船绕道到济南，在车站上遇见山东大学同学，知道青岛的朋友已经星散了。以后回到故乡，偶从报上知老舍兄来到汉口，并且同了许多旧友在筹备文艺协会。我第二年秋入川，寄居白沙，老舍兄是什么时候到重庆的，我不知道，但不久接他来信，要我出席鲁迅先生二周年祭报告，当我到了重庆的晚上，适逢一位病理学者拿了一瓶道地的茅台酒；我们三个人在 × 市酒家喝了。几天后，又同几个朋友喝了一次绍兴酒，席上有何容兄，似乎喝到他死命要喝时，可是不让他再喝了。这次见面，才知道他的妻儿还留在北平。武汉大学请他教书去，没有去，他不愿意图个人的安适，他要和几个朋友支持着"文协"，但是，他已不是青岛时的老舍了，真个清癯了，苍老了，面上更深刻着苦闷的条纹了。三十年春天，我同建功兄去重庆，出他意料之外，他高兴得"破产请客"。虽然他更显得老相，面上更加深刻着苦闷的条纹，衣着也大大的落拓了，还患着贫血症，有位医生义务的在给他打针药。可是，他的精神是愉快的，他依旧要同几个朋友支持着"文协"，单看他送我的小字条，就知道了，抄在后面罢：

看小儿女写字，最为有趣，倒画逆推，信意创作，兴之所至，加减笔画，前无古人，自成一家，至指黑眉重，墨点满身，亦具淋漓之致。

为诗用文言，或者用白话，语妙即成诗，何必乱吵絮。

下面题着："静农兄来渝，酒后论文说字，写此为证。"

这以后，我们又有三个年头没有见面了。这三年的期间，活下去大不容易，我个人的变化并不少，老舍兄的变化也不少罢，听说太太从北平带着小孩来了，应该有些慰安了，却又害了一场盲肠炎。能不能再喝几盅白酒呢？这个是值得注意的事，因为战争以来，朋友们往往为了衰病都喝不上酒了；至于穷喝不起，那又当别论。话又说回来了，在老舍兄写作二十年纪念日，我竟说了一通酒话，颇像有意剔出人家的毛病来，不关祝贺，情类告密，以嗜酒者犯名士气故耳。这有什么办法呢？我不是写作者，只有说些不相干的了。现在发下宏愿要是不迟的话，还是学写作罢，可是老舍兄还春纪念时能不能写出像《骆驼祥子》那样的书呢？

饮　酒

　　酒实在是妙。几杯落肚之后就会觉得飘飘然、醺醺然。平
素道貌岸然的人，也会绽出笑脸；一向沉默寡言的人，也会议
论风生。再灌下几杯之后，所有的苦闷烦恼全都忘了，酒酣耳
热，只觉得意气飞扬，不可一世，若不及时知止，可就难免玉
山颓欹，剔吐纵横，甚至撒疯骂座，以及种种的酒失酒过全部
的呈现出来。莎士比亚的《暴风雨》里的卡力班，那个象征原
始人的怪物，初尝酒味，觉得妙不可言，以为把酒给他喝的那
个人是自天而降，以为酒是甘露琼浆，不是人间所有物。美洲
印第安人初与白人接触，就是被酒所倾倒，往往不惜举土地界
人以交换一些酒浆。印第安人的衰灭，至少一部分是由于他们

的荒腆于酒。

我们中国人饮酒，历史久远。发明酒者，一说是仪逖，又说是杜康。仪逖夏朝人，杜康周朝人，相距很远，总之是无可稽考。也许制酿的原料不同、方法不同，所以仪逖的酒未必就是杜康的酒。尚书有《酒诰》之篇，谆谆以酒为戒，一再的说"祀兹酒"（停止这样的喝酒），"无彝酒"（勿常饮酒），想见古人饮酒早已相习成风，而且到了"大乱丧德"的地步。三代以上的事多不可考，不过从汉起就有酒榷之说，以后各代因之，都是课税以裕国帑，并没有寓禁于征的意思。酒很难禁绝，美国一九二〇年起实施酒禁，雷厉风行，依然到处都有酒喝。当时笔者道出纽约，有一天友人邀我食于某中国餐馆，入门直趋后室，索五加皮，开怀畅饮。忽警察闯入，友人止予勿惊。这位警察徐徐就座，解手枪，锵然置于桌上，索五加皮独酌，不久即伏案酣睡。一九三三年酒禁废，直如一场儿戏。民之所好，非政令所能强制。在我们中国，汉萧何造律："三人以上无故群饮，罚金四两。"此律不曾彻底实行。事实上，酒楼妓馆处处笙歌，无时不飞觞醉月。文人雅士水边修禊，山上登高，一向离不开酒。名士风流，以为持螯把酒，便足了一生，甚至于酗饮无度，扬言"死便埋我"，好像大量饮酒不是什么不很体面的事，真所谓"酗于酒德"。对于酒，我有过多年的体验。第一次醉是在六岁的时候，侍先君饭于致美斋（北平煤市街路西）楼上雅座，窗外有一棵不知名的大叶树，随时簌簌作响。连喝几盅之后，微有醉意，先君禁我再喝，我一声不响站立在椅子上舀了一匙高汤，泼在他的一件两截衫上。随后我就倒在旁边的小木园上呼呼大睡，回家之后才醒。我的父母都喜欢酒，所以我一直都有喝酒的机会。"酒有别肠，不必长大"，语见《十国春秋》，意思是说酒量的大小与身体的大小不必成正比例，壮健者未必能饮，瘦小者也许能鲸吸。我小时候就是瘦弱如一根绿豆芽。酒量是可以慢慢磨练出来的，不过有其极限。我的酒量不大，我也没有亲见过一般人所艳称的那种所谓海量。古代传说"文王饮酒千钟，孔子百觚"，王充《论衡·语增篇》就大加驳斥，他说："文王之身如防风之君，孔子之体如长狄之人，乃能堪之。"且"文王孔子率礼之人也"，何至于醉酗乱身？就我孤陋的见闻所及，无论是"青州从事"或"平原都邮"，大抵白酒一斤或黄酒三五斤即足以令任何人头昏目眩黏牙倒齿。惟酒无量，以不及于乱为度，看各人自制力如何耳。不为酒困，便是高手。

酒不能解忧，只是令人在由兴奋到麻醉的过程中暂时忘怀一切。即刘伶所谓"无思无虑，其乐陶陶"。可是酒醒之后，所谓"忧心如酲"，那份病酒的滋味很不好受，所付代价也不算小。我在青岛居住的时候，那地方背山面海，风景如绘，在很多人心目中是最理想的卜居之所，惟一缺憾是很少文化背景，没有古迹耐人寻味，也没有适当的娱乐。看山观海，久了也会腻烦，于是呼朋聚饮，三日一小饮，五日一大宴，豁拳行令，三十斤花雕一坛，一夕而罄。七名酒徒加上一位女史，正好八仙之数，乃自命为酒中八仙。有时且结伙远征，近则济南，远则南京、北京，不自谦抑，狂言"酒压胶济一带，拳打南北二京"，高自期许，俨然豪气干云的样子。当时作践了身体，这笔账日后要算。一日，胡适之先生过青岛小憩，在宴席上看到八仙过海的盛况大吃一惊，急忙取出他太太给他的一个金戒指，上面镌有"戒"字，戴在手上，表示免战。过后不久，胡先生就写信给我说："看你们喝酒的样子，就知道青岛不宜久居，还是到北京来吧！"我就到北京去了。现在回想当年酗酒，哪里算得是勇，直是狂。

酒能削弱人的自制力，所以有人酒后狂笑不置，也有人痛哭不已，更有人口吐洋语滔滔不绝，也许会把平夙不敢告人之事吐露一二，甚至把别人的阴私也当众抖露出来。最令人难堪的是强人饮酒，或单挑，或围剿，或投下井之石，千方万计要把别人灌醉，有人诉诸武力，捏着人家的鼻子灌酒！这也许是人类长久压抑下的一部分兽性之发泄，企图获取胜利的满足，比拿起石棒给人迎头一击要文明一些而已。那咄咄逼人的声嘶力竭的豁拳，在赢拳的时候，那一声拖长了的绝叫，也是表示内心的一种满足。在别处得不到满足，就让他们在聚饮的时候如愿以偿吧！只是这种闹饮，以在有隔音设备的房间里举行为宜，免得侵扰他人。

《菜根谭》所谓"花看半开，酒饮微醺"的趣味，才是最令人低徊的境界。

说　酒

　　外国人喝酒，往往是站在酒柜旁边一杯一杯的往嗓子眼儿里灌，灌醉了之后是摇摇晃晃地吵架打人，以至于和女人歪缠。中国人喝酒比较文明些，虽然不一定要酒席下酒，至少也要一点花生米豆腐干之类。从喝酒的态度上来说，中国人无疑的是开化在先。

　　越是原始的民族，越不能抵抗酒的引诱。大家知道，美洲的红人，他们认为酒是很神秘的东西，他们不惜用最珍贵的东西（以至于土地）来换取白人的酒吃。莎士比亚所写的《暴风雨》一剧中曾描写了一个半人半兽的怪物卡力班，他因为尝着了酒的滋味，以至于不惜做白人的奴隶，因为酒的确有令人神

说
酒

031

往的效力。文明多一点儿的民族，对于酒便能比较的有节制些。我们中国人吃酒之雍容悠闲的态度，是几千年陶炼出来的结果。

一个人能吃多少酒，是不得勉强的，所以酒为"天禄"。不过喝酒的"量"和"胆"是两件事。有胆大于量的，也有量大于胆的。酒胆大的人不是不知道酒醉的苦处，是明知其苦而不能不放胆大喝的理由在，那理由也许是脆弱得很，但是由他自己看必是严重得不得了。对于大胆喝酒的人我们应该寄与他们同情。假如一个人月下独酌，罄茅台一瓶，颓然而卧，这个人的心里不是平静的，我们可以断言。他或是忧时愤世，或是怀旧思乡，或是情场失意，或是身世飘零，总之，必有难言之隐。他放胆吞酒，是想借了酒而逃避现实，这种态度虽然值得我们同情，但是不值得鼓励。

所谓酒量，那是因人而异的，有的人吃一两块糟溜鱼片而即醺醺然，有的人喝上两三斤花雕而面不改色。不过真正大酒量也不过是三四斤花雕或是一两瓶白兰地而已。常听见人说某人能吃多少酒，数量骇闻，这是靠不住的，这只能证明一件事，证明这个说话的人不会喝酒。只有不知酒味的人才会说张三能喝五斤白干，李四能喝两打啤酒。五斤白干，一下子喝下去，那也不是不可能，因为二两鸦片也曾有人一口吞下去。两打啤酒，一顿喝下去，其结果恐怕那个人嘴里要喷半天的白沫子罢。

酒喝过量，或哭或笑，或投江或上吊，或在床上翻筋斗，或关起门来打老婆，这都是私人的事，我们管不着。惟有在公共场所，如果想要维持自己原来有的那一点点的体面与身份，则不能不注意所谓"酒德"也者。有酒德的人，不管他的胆如何，量如何，他能不因酒而令人增加对他的讨厌。我们中国人无论什么都喜欢配上四色、八色以至十色，现在谈起来酒德我也可以列举八项缺德：

一是三杯下肚，使酒骂座，自讨没趣，举座不欢；
二是黏牙倒齿，话似车轮，话既无聊，状尤可厌；
三是高声叫嚣，张牙舞爪，扰乱治安，震人耳鼓；
四是借酒撒疯，举动儇薄，丑态百出，启人轻视；
五是酒后失常，借端动武，胜固无荣，败尤可耻；
六是呕吐酒食，狼藉满地，需人服侍，令人掩鼻；
七是……

我想不起来了，就算是六项罢。哪一项都要不得。善饮酒的人是得酒趣，而不缺酒德。以上我说的是关于喝酒的话，至于酒的本身，哪一种好，哪一种坏，那另有讲究，改日再续谈。

在酒楼上

□ 鲁　迅

　　我从北地向东南旅行，绕道访了我的家乡，就到 S 城。这城离我的故乡不过三十里，坐了小船，小半天可到，我曾在这里的学校里当过一年的教员。深冬雪后，风景凄清，懒散和怀旧的心绪联结起来，我竟暂寓在 S 城的洛思旅馆里了；这旅馆是先前所没有的。城圈本不大，寻访了几个以为可以会见的旧同事，一个也不在，早不知散到那里去了，经过学校的门口，也改换了名称和模样，于我很生疏。不到两个时辰，我的意兴早已索然，颇悔此来为多事了。

　　我所住的旅馆是租房不卖饭的，饭菜必须另外叫来，但又无味，入口如嚼泥土。窗外只有渍痕斑驳的墙壁，帖着枯死的莓苔；上面是铅色的天，白皑皑的绝无精采，而且微雪又飞舞起来了。我午餐本没有饱，又没有可以消遣的事情，便很自然的想到先前有一家很熟识的小酒楼，叫一石居的，算来离旅馆并不远。我于是立即锁了房门，出街向那酒楼去。其实也无非想姑且逃避客中的无聊，并不专为买醉。一石居是在的，狭小阴湿的店面和破旧的招牌都依旧；但从掌柜以至堂倌却已没有一个熟人，我在这一石居中也完全成了生客。然而我终于跨上那走熟的屋角的扶梯去了，由此径到小楼上。上面也依然是五张小板桌；独有原是木棂的后窗却换嵌了玻璃。

"一斤绍酒。——菜？十个油豆腐，辣酱要多！"

我一面说给跟我上来的堂倌听，一面向后窗走，就在靠窗的一张桌旁坐下了。楼上"空空如也"，任我拣得最好的座位：可以眺望楼下的废园。这园大概是不属于酒家的，我先前也曾眺望过许多回，有时也在雪天里。但现在从惯于北方的眼睛看来，却很值得惊异了：几株老梅竟斗雪开着满树的繁花，仿佛毫不以深冬为意；倒塌的亭子边还有一株山茶树，从晴绿的密叶里显出十几朵红花来，赫赫的在雪中明得如火，愤怒而且傲慢，如蔑视游人的甘心于远行。我这时又忽地想到这里积雪的滋润，著物不去，晶莹有光，不比朔雪的粉一般干，大风一吹，便飞得满空如烟雾。……

"客人，酒。……"

堂倌懒懒的说着，放下杯，筷，酒壶和碗碟，酒到了。我转脸向了板桌，排好器具，斟出酒来。觉得北方固不是我的旧乡，但南来又只能算一个客子，无论那边的干雪怎样纷飞，这里的柔雪又怎样的依恋，于我都没有什么关系了。我略带些哀愁，然而很舒服的呷一口酒。酒味很纯正；油豆腐也煮得十分好；可惜辣酱太淡薄，本来 S 城人是不懂得吃辣的。

大概是因为正在下午的缘故罢，这会说是酒楼，却毫无酒楼气，我已经喝下三杯酒去了，而我以外还是四张空板桌。我看着废园，渐渐的感到孤独，但又不愿有别的酒客上来。偶然听得楼梯上脚步响，便不由的有些懊恼，待到看见是堂倌，才又安心了，这样的又喝了两杯酒。

我想，这回定是酒客了，因为听得那脚步声比堂倌的要缓得多。约略料他走完了楼梯的时候，我便害怕似的抬头去看这无干的同伴，同时也就吃惊的站起来。我竟不料在这里意外的遇见朋友了，——假如他现在还许我称他为朋友。那上来的分明是我的旧同窗，也是做教员时代的旧同事，面貌虽然颇有些改变，但一见也就认识，独有行动却变得格外迂缓，很不像当年敏捷精悍的吕纬甫了。

"阿，——纬甫，是你么？我万想不到会在这里遇见你。"

"阿阿，是你？我也万想不到……"

我就邀他同坐，但他似乎略略踌躇之后，方才坐下来。我起先很以为奇，接着便有些悲伤，而且不快了。细看他相貌，也还是乱蓬蓬的须发；苍白的长方脸，然而衰瘦了。精神很沉静，或者却是颓唐，又浓又黑的眉毛底下的眼睛也失了精采，但当他缓缓的四顾的时候，却对废园忽地闪出我在学校时代常常看见的射人的光来。

"我们"，我高兴的，然而颇不自然的说，"我们这一别，怕有十年了罢。我早知道你在济南，可是实在懒得太难，终于没有写一封信。……"

"彼此都一样。可是现在我在太原了，已经两年多，和我的母亲。我回来接她的时候，知道你早搬走了，搬得很干净。"

"你在太原做什么呢？"我问。

"教书，在一个同乡的家里。"

"这以前呢？"

"这以前么？"他从衣袋里掏出一支烟卷来，点了火衔在嘴里，看着喷出的烟雾，沉思似的说："无非做了些无聊的事情，等于什么也没有做。"

他也问我别后的景况；我一面告诉他一个大概，一面叫堂倌先取杯筷来，使他先喝着我的酒，然后再去添二斤。其间还点菜，我们先前原是毫不客气的，但此刻却推让起来了，终于说不清那一样是谁点的，就从堂倌的口头报告上指定了四样菜：茴香豆，冻肉，油豆腐，青鱼干。

"我一回来，就想到我可笑。"他一手擎着烟卷，一只手扶着酒杯，似笑非笑的向我说。"我在少年时，看见蜂子或蝇子停在一个地方，给什么来一吓，即刻飞去了，但是飞了一个小圈子，便又回来停在原地点，便以为这实在很可笑，也可怜。可不料现在我自己也飞回来了，不过绕了一点小圈子。又不料你也回来了。你不能飞得更远些么？"

"这难说，大约也不外乎绕点小圈子罢。"我也似笑非笑的说。"但是你为什么飞回来的呢？"

"也还是为了无聊的事。"他一口喝干了一杯酒，吸几口烟，眼睛略为张大了。"无聊的。——但是我们就谈谈罢。"

堂倌搬上新添的酒菜来，排满了一桌，楼上又添了烟气和油豆腐的热气，仿佛热闹起来了；楼外的雪也越加纷纷的下。

"你也许本来知道"，他接着说，"我曾经有一个小兄弟，是三岁上死掉的，就葬在这乡下。我连他的模样都记不清楚了，但听母亲说，是一个很可爱念的孩子，和我也很相投，至今她提起来还似乎要下泪。今年春天，一个堂兄就来了一封信，说他的坟边已经渐渐的浸了水，不久怕要陷入河里去了，须得赶紧去设法。母亲一知道就很着急，几乎几夜睡不着，——她又自己能看信的。然而我能有什么法子呢？没有钱，没有工夫：当时什么法也没有。

"一直挨到现在，趁着年假的闲空，我才得回南给他来迁葬。"他又喝干一杯酒，看着窗外，说，"这在那边那里能如此呢？积雪里会有花，雪地下会不冻。就在前天，我在城里买了一口小棺材，——因为我豫料那地下的应该早已朽烂了，——带着棉絮和被褥，雇了四个土工，下乡迁葬去。我当时忽而很高兴，愿意掘一回坟，愿意一见我那曾经和我很亲睦的小兄弟的骨殖：这些事我生平都没有经历过。到得坟地，果然，河水只是咬进来，离坟已不到二尺远。可怜的坟，两年没有培土，也平下去了。我站在雪中，决然的指着他对土工说，'掘开来！'我实在是一个庸人，我这时觉得我的声音有些希奇，这命令也是一个在我一生中最为伟大的命令。但土工们却毫不骇怪，就动手掘下去了。待到掘着圹穴，我便过去看，果然，棺木已经快要烂尽了，只剩下一堆木丝和小木片。我的心颤动着，自去拨开这些，很小心的，要看一看我的小兄弟，然而出乎意外！被褥，衣服，骨骼，什么也没有。我想，这些都消尽了，向来听说最难烂的是头发，也许还有罢。我便伏下去，在该是枕头所在的泥土里仔仔细细的看，也没有。踪影全无！"

我忽而看见他眼圈微红了，但立即知道是有了酒意。他总不很吃菜，单是把酒不停的喝，早喝了一斤多，神情和举动都活泼起来，渐近于先前所见的吕纬甫了，我叫堂倌再添二斤酒，然后回转身，也拿着酒杯，正对面默默的听着。

"其实，这本已可以不必再迁，只要平了土，卖掉棺材；就此完事了的。我去卖棺材虽然有些离奇，但只要价钱极便宜，原铺子就许要，至少总可以捞回几文酒钱来。但我不这样，我仍然铺好被褥，用棉花裹了些他先前身体所在的地方的泥土，包起来，装在新棺材里，运到我父亲埋着的坟地上，在他坟旁埋掉了。因为外面用砖墩，昨天又忙了我大半天：监工。但这样总算完结了一件事，足够去骗骗我的母亲，使她安心些。——阿阿，你这样的看我，你怪我何以和先前太不相同了么？是的，我也还记得我们同到城隍庙里去拔掉神像的胡子的时候，连日议论些改革中国的方法以至于打起来的时候。但我现在就是这样子，敷敷衍衍，模模胡胡。我有时自己也想到，倘若先前的朋友看见我，怕会不认我做朋友了。——然而我现在就是这样。"

他又掏出一支烟卷来，衔在嘴里，点了火。

"看你的神情，你似乎还有些期望我，——我现在自然麻木得多了，但是有些事也还看得出。这使我很感激，然而也使我很不安：怕我终于辜负了至今还对我怀着好意的老朋友。……"他忽而停住了，吸几口烟，才又慢慢的说，"正在今天，刚在我到这一石居来之前，也就做了一件无聊事，然而也是我自己愿意做的。我先前的东边的邻居叫长富，是一个船户。他有一个女儿叫阿顺，你那时到我家里来，也许见过的，但你一定没有留心，因为那时她还小。后来她也长得并不好看，不过是平常的瘦瘦的瓜子脸，黄脸皮；独有眼睛非常大，睫毛也很长，眼白又青得如夜的晴天，而且是北方的无风的晴天，这里的就没有那么明净了。她很能干，十多岁没了母亲，招呼两个小弟妹都靠她，又得服侍父亲，事事都周到；也经济，家计倒渐渐的稳当起来了。邻居几乎没有一个不夸奖她，连长富也时常说些感激的活。这一次我动身回来的时候，我的母亲又记得她了，老年人记性真长久。她说她曾经知道顺姑因为看见谁的头上戴着红的剪绒花，自己也想一朵，弄不到，哭了，哭了小半夜，就挨了她父亲的一顿打，后来眼眶还红肿了两三天。这种剪绒花是外省的东西，S城里尚且买不出，她那里想得到手呢？趁我这一次回南的便，便叫我买两朵去送她。

"我对于这差使倒并不以为烦厌，反而很喜欢；为阿顺，我实在还有些愿意出力的意思的。前年，我回来接我母亲的时候，有一天，长富正在家，不知怎的我和他闲谈起来了。他便要请我吃点心，荞麦粉，并且告诉我所加的是白糖。你想，家里能有白糖的船户，可见决不是一个穷船户了，所以他也吃得很阔绰。我被劝不过，答应了，但要求只要用小碗。他也很识世故，便嘱咐阿顺说，'他们文人，是不会吃东西的。你就用小碗，多加糖！'然而等到调好端来的时候，仍然使我吃一吓，是一大碗，足够我吃一天。但是和长富吃的一碗比起来，我的也确乎算小碗。我生平没有吃过荞麦粉，这回一尝，实在不可口，却是非常甜。我漫然的吃了几口，就想不吃了，然而无意中，忽然间看见阿顺远远的站在屋角里，就使我立刻消失了放下碗筷的勇气。我看她的神情，是害怕而且希望，大约怕自己调得不好，愿我们吃得有味，我知道如果剩下大半碗来，一定要使她很失望，而且很抱歉。我于是同时决心，放开喉咙灌下去了，几乎吃得和长富一样快。我由此才知道硬吃的苦痛，我只记得还做孩子时候的吃尽一碗拌着驱除蛔虫药粉的沙糖才有这样难。然而我毫不抱怨，因为她过来收拾空碗时候的忍着的得意的笑容，已尽够赔偿我的苦痛而有余了。所以我这一夜虽然饱胀得睡不稳，又做了一大串恶梦，也还是祝赞她一生幸福，愿世界为她变好。然而这些意思也不过是我的那些旧日的梦的痕迹，即刻就自笑，接着也就忘却了。

"我先前并不知道她曾经为了一朵剪绒花挨打，但因为母亲一说起，便也记得了荞麦粉的事，意外的勤快起来了。我先在太原城里搜求了一遍，都没有；一直到济南……"

窗外沙沙的一阵声响，许多积雪从被他压弯了的一枝山茶树上滑下去了，树枝笔挺的伸直，更显出乌油油的肥叶和血红的花来。天空的铅色来得更浓，小鸟雀啾唧的叫着，大概黄昏将近，地面又全罩了雪，寻不出什么食粮，都赶早回巢来休息了。

"一直到了济南"，他向窗外看了一回，转身喝干一杯酒，又吸几口烟，接着说。"我才买到剪绒花。我也不知道使她挨打的是不是这一种，总之是绒做的罢了。我也不知道她喜欢深色还是浅色，就买了一朵大红的，一朵粉红的，都带到这里来。

"就是今天午后，我一吃完饭，便去看长富，我为此特地耽搁了一天。他的家倒还在，只是看去很有些晦气色了，但这恐怕不过是我自己的感觉。他的儿子和第二个女儿——阿昭，都站在门口，大了。阿昭长得全不像她姊姊，简直像一个鬼，但是看见我走向她家，便飞奔的逃进屋里去。我就问那小子，知道长富不在家。'你的大姊呢？'他立刻瞪起眼睛，连声问我寻她什么事，而且恶狠狠的似乎就要扑过来，咬我。我支吾着退走了，我现在是敷敷衍衍……

"你不知道，我可是比先前更怕去访人了。因为我已经深知道自己之讨厌，连自己也讨厌，又何必明知故犯的去使人暗暗地不快呢？然而这回的差使是不能不办妥的，所以想了一想，终于回到就在斜对门的柴店里。店主的母亲，老发奶奶，倒也还在，而且也还认识我，居然将我邀进店里坐去了。我们寒暄几句之后，我就说明了回到 S 城和寻长富的缘故。不料她叹息说：

'可惜顺姑没有福气戴这剪绒花了。'

"她于是详细的告诉我，说是'大约从去年春天以来，她就见得黄瘦，后来忽而常常下泪了，问她缘故又不说；有时还整夜的哭，哭得长富也忍不住生气，骂她年纪大了，发了疯。可是一到秋初，起先不过小伤风，终于躺倒了，从此就起不来。直到咽气的前几天，才肯对长富说，她早就像她母亲一样，不时的吐红和流夜汗。但是瞒着，怕他因此要担心，有一夜，她的伯伯长庚又来硬借钱，——这是常有的事，——她不给，长庚就冷笑着说：你不要骄气，你的男人比我还不如！她从此就发了愁，又怕羞，不好问，只好哭。长富赶紧将她的男人怎样的挣气的话说给她听，那里还来得及？况且她也不信，反而说：好在我已经这样，什么也不要紧了。'

"她还说，'如果她的男人真比长庚不如，那就真可怕呵！比不上一个偷鸡贼，那是什么东西呢？然而他来送殓的时候，我是亲眼看见他的，衣服很干净，人也体面；还眼泪汪汪的说，自己撑了半世小船，苦熬苦省的积起钱来聘了一个女人，偏偏又死掉了。可见他实在是一个好人，长庚说的全是诳。只可惜顺姑竟会相信那样的贼骨头的诳话，白送了性命。——但这也不能去怪谁，只能怪顺姑自己没有这一份好福气。'

"那倒也罢，我的事情又完了。但是带在身边的两朵剪绒花怎么办呢？好，我就托她送了阿昭。这阿昭一见我就飞跑，大约将我当作一只狼或是什么，我实在不愿意去送她。——但是我也就送她了，母亲只要说阿顺见了喜欢的了不得就是。这些无聊的事算什么？只要模模胡胡。模模胡胡的过了新年，仍旧教我的'子曰诗云'去。"

"你教的是'子曰诗云'么？"我觉得奇异，便问。

"自然。你还以为教的是 ABCD 么？我先是两个学生，一个读《诗经》，一个读《孟子》。新近又添了一个，女的，读《女儿经》。连算学也不教，不是我不教，他们不要教。"

"我实在料不到你倒去教这类的书，……"

"他们的老子要他们读这些，我是别人，无乎不可的。这些无聊的事算什么？只要随随便便，……"

他满脸已经通红，似乎很有些醉，但眼光却又消沉下去了。我微微的叹息，一时没有话可说。楼梯上一阵乱响，拥上几个酒客来：当头的是矮子，拥肿的圆脸；第二个是长的，在脸上很惹眼的显出一个红鼻子；此后还有人，一叠连的走得小楼都发抖。我转眼去看吕纬甫，他也正转眼来看我，我就叫堂倌算酒账。

"你借此还可以支持生活么？"我一面准备走，一面问。

"是的。——我每月有二十元，也不大能够敷衍。"

"那么，你以后豫备怎么办呢？"

"以后？——我不知道。你看我们那时豫想的事可有一件如意？我现在什么也不知道，连明天怎样也不知道，连后一分……"

堂倌送上账来，交给我；他也不像初到时候的谦虚了，只向我看了一眼，便吸烟，听凭我付了账。

我们一同走出店门，他所住的旅馆和我的方向正相反，就在门口分别了。我独自向着自己的旅馆走，寒风和雪片扑在脸上，倒觉得很爽快。见天色已是黄昏，和屋宇和街道都织在密雪的纯白而不定的罗网里。

一九二四年二月一六日。

戒　酒

□ 老　舍

　　并没有好大的量，我可是喜欢喝两杯儿。因吃酒，我交下许多朋友——这是酒的最可爱处。大概在有些酒意之际，说话作事都要比平时豪爽真诚一些，于是就容易心心相印，成为莫逆。人或者只在"喝了"之后，才会把专为敷衍人用的一套生活八股抛开，而敢露一点锋芒或"谬论"——这就减少了我脸上的俗气，看着红扑扑的，人有点样子！

　　自从在社会上作事至今的廿五六年中，虽不记得一共醉过多少次，不过，随便的一想，便颇可想起"不少"次丢脸的事来。所谓丢脸者，或者正是给脸上增光的事，所以我并不后悔。酒的坏处并不在撒酒疯，得罪了正人君子——在酒后还无此胆量，未免就太可怜了！酒的真正的坏处是它伤害脑子。

"李白斗酒诗百篇"是一位诗人赠另一位诗人的夸大的谀赞。据我的经验，酒使脑子麻木、迟钝，并不能增加思想产物的产量。即使有人非喝醉不能作诗，那也是例外，而非正常。在我患贫血病的时候，每喝一次酒，病便加重一些；未喝的时候若患头"昏"，喝过之后便改为"晕"了，那妨碍我写作！

对肠胃病更是死敌。去年，因医治肠胃病，医生严嘱我戒酒。从去岁十月到如今，我滴酒未入口。

不喝酒，我觉得自己像哑吧了：不会嚷叫，不会狂笑，不会说话！啊，甚至于不会活着了！可是，不喝也有好处，肠胃舒服，脑袋昏而不晕，我便能天天写一二千字！虽然不能一口气吐出百篇诗来，可是细水长流的写小说倒也保险；还是暂且不破戒吧！

壶边天下

□ 高晓声

我们常常在"吃饭"后面加上一个"难"字，在"喝酒"前面加上一个"学"字。

吃饭难，学喝酒。

难的吃饭不去学，却去学喝那不说它难的酒，真是胡诌。

奇怪的是，难吃的饭不学倒都会得吃，而且吃得十分地精。一旦没有了粮食，那就连树皮草根、观音土、健康粉、瓜菜大杂烩都能当做饭来吃，几乎能集天下之大成而吃之。至于那不难喝的酒，原是经不起大家去学的，就像软面团经不起大家压一样，会压出多种形状来，学出各种结果来。一般来说，经过一段时间锻炼以后，多少总能喝几杯了，但多到什么程度？少到什么程度？杯子大到什么程度？小到什么程度？差别很大，而且层次很多。就像现在中国人的生活水平一样。还有两种人像两个极端，一种人总是学不会，功夫化得再深些也白搭，老是眼泪一滴酒便脸红耳赤，只得直认蠢材不讳。另一种人根本没学，一试便发现自己是海量，乃是天生的英才。我还发现老天爷偏心眼，竟把这一类才能全批给了女人。男人则难得，或是被别的气质掩盖了也说不定。女人则表现突出，她跟那些好汉们坐在一桌，悄然敛容，除菜肴外，滴酒不尝。好汉们原也不曾把她放在眼里，总以为弱女子不胜酒，任她自便。后来喝得高兴了，热闹了，偶尔发现她冷冷落落，满杯的酒还没有动过，就举杯邀她也喝一点。她呢，也许是出于礼貌，也许觉得不喝浪费掉可惜，只得略表谦逊，便含笑喝了那杯酒。却是一口、两口便喝光了。这可引起了大家的惊异。有人以为她没有喝过酒，错把它当开水喝了。而她竟脸不变色心不跳。于是一致看出她有量。正在兴头上的好汉们便不再可怜她纤弱，反如盯住了猎物不肯放过，一只又一只手捉着酒杯像打架般戳到她面前硬要干、干、干。她倒往往会打个招呼说："我喝酒是没啥意思的。"可惜别人没有听懂，误会为"喝酒没啥意思"。认为说这种败兴的话还该多罚一杯。其实她说的没意思，是因为她喝酒像喝白开水一样，没有什么反应。

只此一点误解，好汉们便大错铸成。他们同喝"白开水"的人较量开了，最后一个个如狗熊般趴下来，醉倒在石榴裙下。

我忘了自己是什么时候养成喝慢酒的习惯的，大概总在感到生活太无聊，有太多的时间无可排遣吧。到了这地步我当然被磨平了棱角，使酒也不会任气了。因此心平气和在酒桌一角看过不少好戏。还得出一条经验，常常告诫朋友们说："切勿和女士斗酒！"

"为什么？"

"女将上阵，必有妖法！"

在同行中，很有些人知道我这句"名言"。

同这样的女士喝酒会肃然起敬和索然无味，就像健美的女将让你欣赏她浑身钢铁般的肌肉一样。

所以我倒是喜欢和普通的（即酒精对她同我一样能起作用）女士在一起喝。她们喝了点酒，会像花朵刚被水喷浇过那般新鲜，甚至像昙花开放时一忽儿一副样子。千姿百态中包孕了一整个世界。

"酒是色媒人"，这句话的解释因人而异。事实上，世界上绝大多数的人，几杯酒下肚以后，并不就会去干那西门庆和潘金莲的勾当。倒是女士们因酒的媒介呈现出来的美丽（常常是无与伦比的艺术创造），这才合那句话的本意。

记得有一次在某地做客，主人夫妇俩来我们这都能喝点儿的一桌相陪。主人先告罪，他不能喝。这就点明是女将出台了。我就静观大家交替同她碰杯。她年轻，亦显得有豪气。我起初以为酒精对她不起作用，看了一阵之后，发觉她并不是喝的"白开水"。她的脸越来越红润姣艳了。眉眼变得水灵又花俏……我看她正到好处，再喝就把美破坏了。正想劝阻，恰是心有灵犀一点通，桌面上已是静了下来，大家文雅地坐着，对女主人微微笑。真是满座无恶客，和谐极了。女主人也马上感到了大家的善意，快活得一脸的光彩，把灯光都盖过了。

我总说，美是一种创造，而酒能帮助我们创造美。

爱美是人的天性，因此美总受到称赞、尊重和保护。当然也有"莫待无花空折枝"的恶少，那同酒并没有什么关系。

老天爷没有把饮酒的天才赋给我，因为我是一个男的。

那么我是什么时候开始学喝酒的呢？

如果把酒作为触媒剂联系自己的过去，那会引发出许多五光十色的回忆。我想这不光是我，许许多多的人都是这样。酒如水银泻地，在生活中无孔不入。它岂止是"色媒人"，甚至是"一切的媒人"呢。

我学喝酒比别人还难一些，我是偷着学的。按老辈的看法，偷着学比冠冕堂皇学效果好得多，说明学习的人有很迫切的上进心。好像饿慌了的人迫切要找点食物填肚皮一样。所以总说偷来的拳头最厉害。可见偷着学喝定然成就超群。

那时候我还是个火头军，母亲做菜时，就派我去灶下烧火。灶角上坐着一把锡酒壶，盛的是老黄酒。烧荤腥时，用它做料。每次只用掉一点儿，所以那壶里经常剩得有许多酒。我烧火的时候只要一伸手就能拿到。假使我喝红了脸，完全可以说是被灶火烤红的，我何乐而不品尝这"禁果"！不久我母亲就怀疑壶漏了。后来才发现是漏进我嘴里去的。她就骂我"好的不学，专拣坏的学，一点点（北方话叫一丁点儿）的人倒喝酒了！"骂过以后，我就不怕了。因为她没有打我。喝酒毕竟是极普通的事，我们这儿，秋收以后，十有九家都做几斗糯米的酒，后来不知出了多少酒鬼，天也没有塌下来。小孩子早点学会了，未见得不算出息。不过我家因父亲在外地做事，平常无人喝酒，是九家以外的一家。料酒也难得用到，锅子里不是能常烧荤腥的。所以靠那壶也培养不出英才来。我叔父家年年做酒，那只酒缸很大，就放在我们两家的公厅墙角里。叔叔家每年做五斗米酒，半缸都不到。往年我只对做酒的那天有兴趣，因为糯米蒸饭很好吃。如今就对那酒缸有兴趣了。可是舀一碗酒也不容易，我脚下得垫一张板凳，用力掀开沉重的缸盖，把上半个身子都伸到缸里去才舀得到。有一次我这样做的时候，被叔叔碰到。他连连喊着"哎呀、哎呀、哎呀……"一把将我按在缸沿上，掀开缸盖拉我出来。我以为他要打我了。谁知他倒吓白了脸，半响才回过气来说："小爷爷，你要酒叫叔叔舀就是了。你怎么够得到！跌进酒缸去没人看见淹死了怎得了！"

不过那时候我实在并不懂得酒。现在回想起来，酒给我那些乡亲们的影响真够惊心动魄。他们水里来、雨里去，穿着湿透了的衣衫在田里甚至河里熬得嘴唇发紫脸雪白，好容易熬到回家，进了门高喊一声"酒！"便心也暖了，气也顺了。

有些事我至今都不能理解。一位年富力强的乡亲，虽是农民，却有点文化，若论家中情况，也是"十亩三间，天下难拣"，平时好酒，亦有雅量。可是有一天中午同几位乡亲在一起喝了些，忽然拔脚就走。认准门外七八丈远一个粪池，竟像跳水运动员那样一纵身，头朝下，脚朝上迅速鱼跃而入。幸亏抢救得快，现在我还非常清楚那时候他像只死猪躺在地上被一桶桶清水冲洗的情景。不管怎么说，就算他喝醉了吧，就算他想寻死吧，就算他平时想死没有勇气，是靠了酒才敢做出来。可是为什么要选择这样的死法呢？这实在太荒唐。古今中外，自寻短见的人何止千万，死法集锦当亦蔚然可观。但自投粪池，倒还是前不见古人，后不见来者的。酒能使人兴奋，思维因此更加活泼而敏捷，如果因而就发展到粪池一跳，则令人瞠目结舌，啼笑皆非了。幸而未死，免得做臭鬼；不幸而未死，这一跳倒使后来的日子不大好过。他自然不愿再提到它，甚至最好不再想到它（可惜做不到）。乡亲们却是通情达理的，况且这一跳虽丑，也不曾害别人，何必同他过不去呢。所以，除了当场亲见的之外，材料并没有扩散出去。我们有个传统，不说两种人的坏处，一种人是酒鬼，一种是皇帝。前者是因为喝多了，糊糊涂涂干出来的坏事，便原谅了他。后者是为了避讳，这可以分成自愿和被迫两种，如果不自愿为长者讳，也要想一想后果而忍一忍，还是多吃饭、少开口好（请看这句谚语造得多巧妙，"多吃饭"的"饭"字换了个"酒"字，就忍不住了）。

不过忍也毕竟不会永久，到后来不就有《隋炀帝艳史》和《清宫秘史》之类的东西问世了吗！

另一位叫人难忘的是我的堂叔，酒神没有任何理由在他身上制造悲剧。因为他非常善良，即使喝醉了也只会笑呵呵说些无关紧要的废话。我不知道他从什么时候养成了这个嗜好，我确信他是酒鬼的时候，他已经不大有喝酒的自由了。据说他从前常常在镇上喝了酒醉倒在回家的途中。乡亲们不懂得要如李太白、史湘云那般推崇和欣赏他，反而以酒鬼之名赠之，真是虎落平阳，龙困沙滩，没有办法。尤其是他那位贤妻也就是我的婶娘对此深感厌恶，到年底镇上各酒店来收账时便同丈夫拼死拼活不肯还债，弄得我堂叔无可奈何只得躲开，让债主听他夫人哭命苦，哭她嫁了个败家精男人没有日子过。一直闹到大年夜烧了路头，讨债的人不能再讨下去，才结束了这苦难的一幕。村上人大半都称赞我婶娘守得住家业，管得住丈夫，全不想想我堂叔欠债不还，失去信用，弄得大家瞧不起他，里外都不能做人。他再要上街去赊酒甚至赊肥皂、毛巾等实用品，店主都朝他笑笑说："叫你老婆来买。"

他还有什么话说呢！他只得沉默，只得悄然从社会里退出来。起初是想说没有用，后来是有话不能说，一直到无话可说，沉默便海一样无底，以至于使得别人都习惯了不同他说话。只有等到秋谷登场，家里做了一点酒，他偶然有机会多喝了几杯之后，脸上才有一点笑意，嘴里才有一点声音。这有多么难得和多么可悲呀！

难道这性格能说是酒铸成的吗！

当然，堂叔的经验别人是难以接受的。我们总不能为了喝得痛快把老婆打倒在地，再踩上一只脚，叫她永世不得翻身吧！

我自己后来有所收敛，则是另有教训。那是在高中毕了业，没考取大学，在家乡晃荡。有位同学邀了个有量的人来陪客。那天晚上，我们两个大约喝了两斤半杜烧酒，睡到床上就不好受了。胸口如一团烈火烧，吐出来的气都烫痛舌头和嘴唇，不禁连连呻吟说比死还难过。后来幸而不死竟活下来了，从此便发誓不喝烧酒。

　　这一誓言，自然为喝别的酒开了方便之门。

　　那一次的确是喝白酒喝怕了，誓言是一直遵守下去的。但形势的发展常常出人意料，而我们又必须跟上形势才不致成为顽固派，不致变成社会前进的绊脚石。况且即使要做顽固派，也总是顽而不固的。黄酒白酒毕竟一样含酒精，杀馋的功效白酒又比黄酒大得多，人生总不会一帆风顺，面临逆境大都聪明地不会自杀，一旦碰上"有啥吃啥，无啥等着"的局面，他妈的喝酒还管什么是黄是白呢！喝吧喝吧，本来就不存在原则问题。人活在世界上能那么娇嫩吗，真爱护身体就不应该喝酒，既然喝了还装什么腔，作什么势，趁着还有就赶快买吧，谁保证你明天一定喝得上！

　　真惭愧，我就是在这个时候破戒的，就事论事，破戒再喝白酒总不算失大节，问题在于这精神上的反复触动我的羞耻心，认为这无异当了叛徒或做了妓女，灰溜溜地连喝了酒也振作不起来。幸而不久就有了转机，原来酒也是粮食做的，自然也随缺粮而紧张。吃饭难时，喝酒也不容易了。白酒黄酒，我都难得问津了。我的二姨母住在小镇上，从不尝杯中物。有一

壶边天下

次我去看她，她竟悄悄拿出一瓶黄酒来，倒一杯叫我喝，挺诚挚地说："现在买不到别的吃，这酒，也是营养品。"她那音容便使人像得了极好的宽慰，猛然觉得这苦难的现实仍旧充满了生趣。

"酒是营养品"，姨母的这句话，不但是对我的祝福，也是对所有同好者的祝福。那么就让我们努力去寻觅吧，我们付出了代价，总会有所得。常州天宁寺生产一种药酒，从前叫毛房药酒，不知名出何由，为啥不叫别的，偏叫毛房，什么意思也没有说清楚。现在不可再含糊下去了，否则就是对劳动人民不负责，所以改称"强身酒"。这就同我姨母说的"营养品"庶几近乎哉。常规喝这号酒，早晚两次，每次一小盅，如今难得买到手，又全靠它营养，自然就要多喝些。于是便有人出鼻血，偶然也有牺牲的，可惜当时悲壮的事情太多，喝死了也许有些学不会的人还羡慕呢，况且死者未见得单喝了一种酒，用工业酒精羼了水，难道别人喝过他就能熬住不喝？不过也不能就说羼水的工业酒精不能喝，喝死了他还并没有喝死你们呢。我坦白交代，我在我姨母精神的鼓舞下也喝过，我不是也活过来了吗！所以，我是个活见证，证明前年吴县那个酒厂的生产经验是有前科的，不同的是从前的人耐得苦难，经受得住考验。现在呢，吴县那个酒厂难得生产一批那种酒，竟闹出了好些人命和瞎了好些双眼睛。咦呀，离革命要达到的目标还远得很，现在还只是社会主义初级阶段，怎么大家就变得这样娇嫩了呢？

毕竟还是不喝酒好，免得误喝了这种要命的东西。

这是局外人的高调，愿喝的照喝不误。其中有些人是看透了，知道要命的东西并不光在酒里边，原是防不胜防的。而另一些人则永远不会喝上这要命东西的，他们的存在，是使过去市场上看不见名牌酒的重要原因。

吴县那个酒厂主生产那种要命的东西，是要别人的命，自己决不喝。他要喝就会喝名牌酒，用要了别人命的钱去买。

在当前的高消费中，类似上述情形的，我不知道究竟占了多少百分比。

想到这里，不禁忿忿。

忿忿又奈何总不至因此就禁酒吧！

何以解忧，黄酒一杯……在烟酒价格大开放、大涨价的今天，常州黄酒从四角四分涨到五角一斤，是上升幅度最小而且是全国最便宜的酒类，我一向乐此不倦，所以倒占了便宜，如今还能开怀痛饮。却又怕这样的日子不能长久过下去，一则今年许多地方的水势，也像物价一样猛涨，淹了不少庄稼。二则人们想发财的大潮，也如黄河之水，从天上奔腾而下，淹没了一切，农肥农药都卖了高价，而且还发现不少是假的。黄酒要用大米做，看今年的光景，真怕又要把酒当营养品了。

从报上看到，有些地方政府查到假农肥农药后，也责令奸商（这两个字报上还不肯使用，是在下篡改的）赔偿损失。如何赔法没有说，所以我左思右想也想不出个公平的赔法来。如果仅仅是把钱还给买主，那么我对今后吃饭喝酒都不便乐观了。

所以吃饭难时，千万不要再去学喝酒。学会了想喝，已经没有啦。

不过先富起来了的人倒不必愁，杜酒没有了还有洋酒呢。从前我以为港澳同胞带进来送礼的人头马、白腊克威士忌、金奖马得利是最好的洋酒了。今年去美国待了半年，在许多教授家里都难得看到这种酒，他们平时喝的差远了，因此更肯定了原先的想法。回国时经过香港，在机场第一次看到"XO"每瓶港元四百到一千不等，触目惊心，不知道一小瓶酒为什么那样贵，究竟好在什么地方。因又想起"XO"这个牌子的名称。第一次是在纽约听到的，有位夫人告诉我，她在北京时，邀了一位中国作家协会的官员到她驻北京办事的表兄家做客。这位客人点名要喝"XO"。幸亏她表兄还拿得出。可是这位客人倒了一杯，却只呷了一口就不喝了。真是耍了好大派头。为此这位夫人回到纽约以后还忿忿在念，好像要拿我出气似的。然而她也并没有告诉我"XO"是什么酒，一直到回到祖国以后，才在一张小报上看到。原来我过去认为的好酒，都还是低档货，只有不同价格的"XO"才独占了中档和高档。

那就喝"XO"吧。

"XO"，这两个符号连在一起，无论如何都是妙透了，在数学上，"X"是个未知数，"O"是已知数，它们并列在一起，可以看成"X ＝ O"。如果让它们互相斗争，那么"XO"的写法也可理解"X"乘"O"，仍旧等于 0。

所以"XO"无论如何也等于 0。

那是不是意味着，会把我们喝得精光呢！

这又该是杞人忧天吧，只要看纽约夫人形容的中国作协那个官员，就知道外国人看得那么贵重的东西，中国人还不起眼呢！不光能喝，且能糟蹋。"XO"的值，对中国人等于0，对外国人也等于0。那含义就不一定是把我们喝得精光，也许倒是我们把外国的"XO"喝得精光呢！嘿！

壶中日月长

□ 陆文夫

我小时候便能饮酒,所谓小时候大约是十二三岁,这事恐怕也是环境造成的。

我的故乡是江苏省的泰兴县,解放之前故乡算得上是个酒乡。泰兴盛产猪和酒,名闻长江下游。杜康酿酒其意在酒,故乡的农民酿酒,意不在酒而在猪。此意虽欠高雅,却也十分重大。酒糟是上好发酵饲料,可以养猪,养猪可以聚肥,肥多粮多,可望丰收。粮——猪——肥——粮,形成一个良性的生态循环,循环之中又分离出令人陶醉的酒。

在故乡,在种旱谷的地方,每个村庄上都有一二酒坊。这种酒坊不是常年生产,而是一年一次。冬天是淘酒的季节,平日冷落破败的酒坊便热闹起来，火光熊熊，烟雾缭绕，热气腾腾，成了大人们的聚会之处，成了孩子们的乐园。大人们可以大模大样地品酒，孩子们没有资格，便捧着小手到淌酒口偷饮几许。那酒称之为原泡，微温，醇和，孩子醉倒在酒缸边上的事儿常有。我当然也是其中的一个，只是没有醉倒过。孩子们还偷酒喝，大人们嗜酒那就更不待说。凡有婚丧喜庆，便要开怀畅饮，文雅一点用酒杯，一般的农家都用饭碗。酒坛子放在桌子的边上，内中插着一个竹制的长柄酒端。

十二三岁的时候，我的一位姨表姐结婚，三朝回门，娘家置酒会新亲，这是个闹酒的机会，娘家和婆家都要在亲戚中派几个酒鬼出席，千方百计地要把对方的人灌醉，那阵势就像民间的武术比赛似的。我有幸躬逢盛宴，目睹这一场比赛进行得如火如荼，眼看娘家人纷纷败下阵来时，便按捺不住，跳将出来，与对方的酒鬼连干了三大杯，居然面不改色，熬到终席。下席以后虽然酣睡了三小时，但这并不为败，更不为丑。乡间的人只反对武醉，不反对文醉。所谓武醉便是喝了酒以后骂人、打架、摔物件、打老婆；所谓文醉便是睡觉，不管你是睡在草堆旁，河坎边，抑或是睡在灰堆上，闹个大花脸。我能和酒鬼较量，而且是文醉，因而便成为美谈：某某人家的儿子是会喝酒的。

我的父亲不禁止我喝酒，但也不赞成我喝酒，他教导我说，一个人要想在社会上做点事情，需有四戒，戒烟（鸦片烟），戒赌，戒嫖，戒酒。四者涵其一，定无出息。我小时候总想有点出息，所以再也不喝酒了。参加工作以后逢场作戏，偶尔也喝它几斤黄酒，但平时是决不喝酒的。

不期到了二十九岁，又躬逢反右派斗争，批判、检查，惶惶不可终日。我不知道与世长辞是个什么味道，却深深体会世界离我而去是个什么滋味。一九五七年的国庆节不能回家，大街上充满了节日的气氛，斗室里却死一般的沉寂。一时间百感交集，算啦，反正也没有什么出息了，不如买点酒来喝喝吧。从此便一发不可收拾……

小时候喝酒是闹着玩儿的，这时候喝酒却应了古语，是为了浇愁。借酒浇愁愁更愁，这话也不尽然，要不然，那又何必去饮它呢？

借酒浇愁愁将息，痛饮小醉，泪两行，长叹息，昏昏然，茫茫然，往事如烟，飘忽不定，若隐若现。世间事，人负我，我负人，何必何必！三杯两盏六十四度，却也能敌那晚来风急。

设若与二三知己对饮，酒入愁肠，顿生豪情，口出狂言，倒霉的事都忘了，检讨过的事也不认账了："我错呀，那时候……"剩下的都是正确的，受骗的，不得已的。略有几分酒意之后，倒霉的事情索性不提了，最倒霉的人也有最得意的时候，包括长得帅，跑得快，会写文章，能饮五斤黄酒之类。喝得糊里糊涂的时候便竞相比赛狂言了，似乎每个人都能干出一番伟大的事业，如果不是……不过，这时候得注意有不糊涂的人在座，在邻座，在隔壁，在门外的天井里，否则，到下一次揭发批判时,这杯苦酒你吃不了也得兜着走。

一个人也没有那么多的愁要解,问君能有几多愁,恰似一江春水向东流。愁多得恰似一江春水,那也就见愁不愁,任其自流了。饮酒到了第二阶段,我是为了解乏的。

一九五八年"大跃进",我下放在一片机床里做车工,连着几个月打夜工,动辄三天两夜不睡觉,那时候也顾不上什么愁了,最大的要求是睡觉。特别是冬天,到了曙色萌动之际,浑身虚脱,像浸泡在凉水里,那车床在自行,个把小时之内用不着动手,人站着,眼皮上像坠着石头,脚下的土地在往下沉,沉……突然一吓,惊醒过来,然后再沉,沉……我的天啊,这时候我才知道,什么叫瞌睡如山倒。这时候如果有人高喊八级地震来了!我的第一反应便是,你别嚷嚷,让我睡一会。

别叫苦,酒来了!乘午夜吃夜餐的时候,我买一瓶粮食白酒藏在口袋里,躲在食堂的角落里喝。夜餐是一碗面条,没有菜,吃一口面条,喝一口酒;有时候,为了加快速度,不引人注意,便把酒倒在面条里,呼呼啦啦,把吃喝混为一体。这时候,我倒不大可怜鲁迅笔下的孔乙己了,反生了些许羡慕之意。那位老前辈虽然被人家打断了腿,却也能在柜台前慢慢地饮酒,还有一碟多乎哉不多也的茴香豆!

喝了酒以后再进车间,便添了几分精神,而且浑身暖和,虽然有点晕晕乎乎,但此种晕乎是酒意而非睡意,眼睛有点朦胧,但是眼皮上没有系石头,耳朵特别尖灵,听得出车床的异响,听得出走刀行到哪里。二两五白酒能熬过漫漫长夜,迎来晨光曦微。苏州人称二两五一瓶的白酒叫小炮仗，多谢小炮仗，轰然一响，才使我没有倒在车床的边上。

酒能驱眠，也能催眠，这叫化进化出，看你用在何时何地，每个能饮的人都能无师自通，灵活运用。1964年我又入了另册，到南京附近的江陵县李家生产队去劳动，那次劳动是货真价实，见天便挑河泥，七八十斤的担子压在肩上，爬河坎，走田埂，歪歪斜斜，摇摇欲坠，每一趟都觉得再也跑不到头了，一定会倒下了，结果却又死背活缠地到了泥塘边。有时候还想背几句诗词来代替那单调的号子，增加点精神刺激。可惜的是任何诗句都没有描绘过此种情景，只有一个词牌比较相近，《如梦令》，因为此时已经神体分离，像患了梦游症似的。晚饭以后应该早早上床了吧，不行，挑担子只能劳其筋骨，却不动脑筋，停下来以后虽然浑身疼痛，头脑却十分清醒，爬上床去会辗转反侧，百感丛生。这时候需要用酒来化进。乘天色昏暗，到小镇上去敲开店门，妙哉，居然还有兔肉可买。那时间正在"四清"，实行"三同"，不许吃肉。随它去吧，暂且向鲁智深学习，花和尚也是革命的。急买半斤白酒，兔肉四两，酒瓶握在手里，兔肉放在口袋里，匆匆忙忙地往回走，必须在不到二里的行程中把酒喝完，把肉啖尽。好在天色已经大黑，路无行人，远近的村庄上传来狗吠三声两声。仰头，引颈，竖瓶，见满天星斗，时有流星；低头啖肉看路，闻草虫唧唧，或有蛙声。虽无明月可邀，却有天地作陪，万幸，万幸。我算得十分精确，到了村口的小河边，正好酒空肉尽，然后把空瓶灌满水，沉入河底，不留蛛丝马迹。这下子可以入化了，梦里不知身是客，一夜沉睡到天明。

饮酒到了第三阶段，便会产生混合效应，全方位，多功能：解忧、助兴、驱眠、催眠、解乏，无所不在，无所不能。今日天气大好，久雨放晴，草塘水满，彩蝶纷纷，如此良辰美景岂能无酒？今日阴云四合，风急雨冷，夜来独伴孤灯，无酒难到天明。有朋自远方来，喜出望外，痛饮；无人登门，孑然一身，该饮；今日家中菜好，无酒枉对佳肴；今日无啥可吃，菜不够，酒来凑，君子在酒不在菜也……呜呼，此时饮酒实际上已经不是为了什么，就是为了饮酒。"十年动乱"期间，全家下放到黄海之滨，现在想起来，一切艰难困苦都已经淡泊了，留下的却是有关饮酒的回忆。那是个荒诞的时代，喝酒的年头，成千的干部下放在一个县里，造茅屋，种自留地，养老母鸡，有饭可吃，无路可走。突然之间涌现出大批酒徒，连最规矩、最严谨、烟酒不入的铁甲卫士也在小酒店里喝得面红耳赤，晃荡过市。我想，他们正在走着我曾经走过的路："算啦，不如买点酒来喝喝吧。"路途虽有不同，心情却大体相似。我混在如此众多的故交新知之中，简直是如鱼得水。以前饮酒不敢张扬，被认为是一种堕落不轨的行为，此时饮酒则是豪放、豁达、快乐的游戏。三五酒友相约，今日到我家，明日到他家，不畏道路崎岖，拎着自行车可以从独木桥上走过去；不怕大河拦阻，脱下衣服顶在头上泅向彼岸。喝醉了倒在黄沙公路上，仰天而卧，路人围观，掩嘴而过。这时间竟然想出诗句来了：

"醉卧沙场君莫笑，古来征战几人回！"那时最大的遗憾是买不到酒，特别是好酒。为买酒曾经和店家吵过架，曾经挤掉了棉袄上的三粒纽扣。有粮食白酒已经不错了，常喝的是那种用地瓜干酿造的劣酒，俗名大头昏，一喝头就昏。偶尔喝到一瓶优质双沟，以玉液琼浆视之，半斤下肚，神采飞扬，头不昏，脚不浮，口不渴，杜康酿的酒谁也没有喝过，大概也和双沟差不多。

喝到一举粉碎"四人帮"，那真是惊天动地，高潮迭起。中国人在一周之间几乎把所有的酒都喝得光光的。我痛饮一番之后拔笔为文，重操旧业，要写小说了。照理说，而今而后应当戒酒，才能有点出息。迟了，酒入膏肓，迷途难返，这半生颠沛流离，荣辱沉浮，都不曾离开过酒。没有菜时，可以把酒倒进面碗，没有好酒时，照样把大头昏喝下去；今日躬逢盛宴，美酒佳肴当前，不喝有碍人情，有违天理，喝下去吧，你还等什么呢？！

喝不下去了，樽中有美酒，壶中无日月，时限快到了。从1957年喝到1987年，从二十九岁喝到五十九岁，整整三十年的岁月从壶中漏掉了，酒量和年龄是成反比的，二两五白酒下肚，那嘴吧和脚步便有点守不住。特别是到老朋友家去小酌，临出门时家人千叮万嘱，好像我要去赴汤蹈火。连四岁的小外孙女也站在门口牙牙学语："爷爷你早点回来，少喝点老酒。""爷爷知道，少喝，一定少喝。"无奈两杯下肚，豪情复发："咄，这点儿酒算得了什么，想当年……"当年可想而不可返，豪情依然在，体力不能支，结果是踉踉跄跄地摇回来，不知昨夜身置何处。最伤心的是常有讣告飞来，某某老酒友前日痛饮，昨夜溘然仙逝，不是死于心脏病，而是死于脑溢血，祸起于酒。此种前车之鉴，近几年来每年都有一两次。四周险象环生，在家庭中造成一种恐怖气氛，看见我喝酒就像看见我喝"敌敌畏"差不多。儿女情长，英雄气短，酒可解忧，到头来又造成了忧愁，人间事总要向反方向逆转。医生向我出示黄牌了："你要命还是要酒？""我……"我想，不要命不行，还有小说没有写完；不要酒也不行，活着就少了点情趣，答曰："我要命也要酒。""不行，鱼和熊掌不可得兼，二者必取其一。""且慢，我们来点儿中庸之道。酒，少喝点；命，少要点。如果能活八十岁的话，七十五就行了，那五年反正也写不了小说，不如拿来换酒喝。"医生笑了："果真如此，或可两全，从今以后，白酒不得超过一两五，黄酒不得超过三两，啤酒算作饮料，但也不能把一瓶都喝下去。"我立即举双手赞成，多谢医生关照。

第三天碰到一位多年不见的酒友，却又喝得昏昏糊糊。记不清是喝了多少，大……大概是超过了一两五。

做鬼亦陶然

□ 陆文夫

汪曾祺的逝世对我是一个打击，据说他的死和饮酒有点关系，因而他就成了我的前车之鉴，成了我的警钟："别喝了，你想想汪曾祺！"

可我一想起汪曾祺就出现了许多美好的回忆，回想起我们几个老酒友共饮时的情景，那真是妙不可言。

喝酒总是要有个借口，接风、送别、庆祝、婚丧喜庆，借酒浇愁……我和高晓声、叶至诚、林斤澜、汪曾祺等几个人坐在一起饮酒时，什么也不为，就是要喝酒。无愁可浇，无喜可庆，也没有什么既定的话要说；从不谈论文章，更无要事相托，谈的多是些什么种菜、采茶、捕鱼、摸虾、烧饭……东一榔头西一棒，随便提及，没头没尾。汪曾祺听不懂高晓声的常州话，我也听不大懂林斤澜的浙江音，这都不打紧，因为弄到后来谁也听不清谁讲了些什么，也不想去弄懂谁讲了些什么。没有干杯，从不劝酒，酒瓶放在桌子上，想喝就喝；不想用酒来联络感情，更不想乘酒酣耳热之际得到什么许诺，没有什么目的，只求一种境界：云里雾里，陶然忘机。陶然忘机乃是一种舒畅、快乐，怡然自得，忘却尘俗的境界，在生活里扑腾的人能有此种片刻的享受，那是多么的美妙而又难能可贵！

　　说起来也很奇怪，喝酒的人死了都被认为是饮酒过多，即使已经戒酒多年，也被认为是过去多喝了点酒。其实，不喝酒的人也要死，我还没有见到哪个国家有过统计，说喝酒人的死亡率要比不喝酒的人高些。相反，最近到处转载了一条消息，说是爱喝葡萄酒的法国人，死于心血管病的人倒比不爱喝葡萄酒的美国人低。我不相信喝酒有什么坏处，也不相信喝酒对身体有什么好处，主要是看你怎么喝，喝什么。喝得陶然忘机是一种享受，喝得烂醉如泥是一种痛苦；喝优质酒舒畅，喝劣质酒头疼，喝假酒送命。

　　如果不喝假酒，不喝劣酒，不酗酒，那么，酒和死就没有太多的联系，相反，酒和生，和生活的丰富多彩倒是不可分割的。纵观上下五千年，那酒造成了多少历史的转折，造成了多少千秋佳话，壮怀激烈！文学岂能无酒？如果把《唐诗三百首》拿来，见"酒"就删，试问还有几首是可以存在的。《红楼梦》中如果不写各式各样的酒宴，那书就没法读下去。李白是个伟大的诗人，可是他的诗名还不如他的酒名。尊他为"诗圣"的人，不如尊他为"酒仙"的人多。早年间乡村酒店门前都有"太白遗风"几个字，有的是写在墙上，有的是挑起幌子，尽管那开酒店的老板并不识字。李白有自知之明，他生前就已经知道了这一点，但他并不恼怒，不认为这是对他文学成就的否定，反而有点洋洋得意，还在诗中写道："自古圣贤皆寂寞，唯有饮者留其名。"

饮者留其名中也有一点不那么好听的名声，说起来某人是喝酒喝死了的。汪曾祺也逃不脱这一点，有人说他是某次躬逢盛宴，饮酒稍多引发痼疾而亡。有人说不对，某次盛宴他没有多喝。其实，多喝少喝都不是主要的，除非是汪曾祺能活百岁，要不然的话，他的死总是和酒有关系。岂止汪曾祺，酒仙之如李白，人家也要说他是喝酒喝死了的。不过，那说法倒也颇有诗意，说是李白舟中夜饮，见明月当空，月映水中，李白举杯邀天上的明月共饮，天上的明月不应；水中的月儿却因风而动，笑脸相迎，李白大喜，举杯纵身入水，一去不回。

我想，当李白纵身入水时，可能还哼了两声："醉饮江中月，做鬼亦陶然。"

屋后的酒店

□ 陆文夫

苏州在早年间有一种酒店，是地地道道的酒店，这种酒店只卖酒不卖菜，或者只供应一点豆腐干、辣白菜、焐酥豆、油米黄豆、花生米之类的下酒物，算不上是什么菜。"君子在酒不在菜"，这是中国饮者的传统观点。如果一个人饮酒还要讲究菜，那只能算是吃喝之徒，进不了善饮者之列。善饮者在社会上的知名度是很高的，李白曾经写道："古来圣贤皆寂寞，唯有饮者留其名。"不过，饮者之中也分三个等级，即酒仙、酒徒、酒鬼。李白自称酒仙，从唐代到今天，没有人敢于提出异议。秦末狂生郦食其，他对汉高祖刘邦也只敢自称是高阳酒徒，不敢称仙。至于苏州酒店里的那些常客，我看大多只是酒鬼而已，苏州话说他们是"灌黄汤的"，含有贬义。

喝酒为什么叫灌黄汤呢？因为苏州人喝的是黄酒，即绍兴酒，用江南上好的白米酿成，一般的是二十度以上，在中国酒中算是极其温和的，一顿喝两三斤黄酒恐怕还进不了酒鬼的行列。

黄酒要烫热了喝，特别是在冬春和秋天。烫热了的黄酒不仅味道变得更加醇和，酒中的甲醇也挥发了，减少了酒对人体的危害。所以，每爿酒店里都有一只大水缸，里面装满了热水，木制的缸盖上有许多圆洞，烫酒的铁皮酒筒就放在那个圆洞里，有半斤装的和一斤装的。一人独酌或两人对饮，都是买半斤装的，喝完了再买，免得喝冷的。

酒店里的气氛比茶馆里的气氛更加热烈，每个喝酒的人都在讲话，有几分酒意的人更是嗓门洪亮，"语重情长"，弄得酒店里一片轰鸣，谁也听不清谁讲的事情。酒鬼们就是欢喜这种气氛，三杯下肚，畅所欲言，牢骚满腹，怨声冲天，贬低别人，夸赞自己，用不着担心祸从口出，因为谁也没有听清楚那些酒后的真言。

也有在酒店里独酌，即所谓喝闷酒的。在酒店里喝闷酒的人并不太闷，他们开始时也许有些沉闷，一个人买一筒热酒，端一盆焐酥豆，找一个靠边的位置坐下，浅斟细酌，环顾四周，好像是在听别人谈话。用不了多久，便会有另一个已经喝了几杯闷酒的人，拎着酒筒，端着酒杯来到那独酌者的身边，轻轻地问道："有人吗？""没有。"好了，这就开始对谈了，从天气、物价到老婆孩子，然后进入主题，什么事情使他们烦恼什么便是主题，你说的他同意，他说的你点头；你敬我一杯，我敬你一杯，好像是志同道合，酒逢知己。等到酒尽人散，胸中的闷气也已发泄完毕，二人声称谈得投机，明天再见。明天即使再见到，却已谁也不认识谁。

我更爱另一种饮酒的场所，那不是酒店，是所谓的"堂吃"。那时候，酱园店里都卖黄酒，为了招揽生意，便在店堂的后面放一张桌子，你沽了酒以后可以坐在那里慢饮，没人为你服务，也没人管你，自便。

那时候的酱园店大都开设在河边，取其水路运输的方便，所以"堂吃"的那张桌子也多是放在临河的窗口。一二知己，沽点酒，买点酱鸭、熏鱼、兰花豆之类的下酒物，临河凭栏，小酌细谈，这里没有酒店的喧闹和那种使人难以忍受的乌烟瘴气。一人独饮也很有情趣，可以看着窗下的小船一艘艘"咿咿呀呀"地摇过去。特别是在大雪纷飞的时候，路无行人，时近黄昏，用蒙眬的醉眼看迷蒙的世界。美酒、人生、天地，莽莽苍苍有遁世之意，此时此地畅饮，可以进入酒仙的行列。

近十年来，我对"堂吃"早已不存奢望了，只希望在什么角落里能找到一片酒店，那种只卖酒不卖菜的酒店。酒店没有了，酒吧却到处可见。酒吧并非中国人饮酒之所在，只是借洋酒、洋乐、洋设备，赚那些欢喜学洋的人的大钱。酒吧者是借酒之名扒你的口袋也，是所谓之曰："酒扒"。

酒仙汪曾祺

□ 陆文夫

算起来汪曾祺要比我大一辈。作家群中论资排辈，是以时间来划分的。三十年代、四十年代、五十年代……我们五十年代的老友常把汪曾祺向四十年代推，称他为老作家，他也不置可否，却总是和我们这些五十年代的人混在一起，因为我们都是在粉碎"四人帮"后才活过来的。

汪曾祺虽说是江苏人，可是江苏的作家对他并不熟悉，因为他多年来都是在北京戏剧界的圈子里，直到粉碎"四人帮"后《雨花》复刊，顾尔镡当主编。有一天，叶至诚拿了一篇小说来给我们看，所谓的我们是方之、高晓声和我。小说的作者就是汪曾祺。小说的题目我记不清了，好像是《异秉》，内容有一个药店里的小学徒，爬到房顶上去晒草药等。我之所以至今只记得这一点，是因为我家当年的隔壁也有一个小药铺，所以看起来特别亲切，至今也印象深刻。我们三个人轮流读完作品后，都大为赞赏，认为写得太好了，如此深厚纯朴、毫不装腔作势的作品实在久违。同时也觉得奇怪，这样好的作品为什么不在北京的那几份大刊物上发表，而要寄到《雨花》来。

叶至诚说稿件已在北京的两大刊物吃了闭门羹，认为此稿不像小说也不像散文，不规范。这话不知道是真的还是出于政治考虑的托词。我们几个人对此种说法都不以为然，便要叶至诚去说服，立即发表在《雨花》的显要位置，并且得到了普遍的赞扬和认可。从此，汪曾祺的作品就像雨后春笋，在各大刊物出现。

上世纪 80 年代初期，作家们的活动很多，大家劫后相逢，也欢喜聚会。有时在北京，有时在庐山，有时在无锡，有时在苏州。凡属此种场合，汪曾祺总是和我们在一起。倒不是什么其他的原因，是酒把我们浸泡在一只缸里。那时方之已经去世了，高晓声、叶至诚和我，都是无"酒"不成书。汪曾祺也有此好，再加上林斤澜，我们四五个人如果碰在一起的话，那就热闹了。一进餐厅首先看桌上有没有酒，没有酒的话就得有一个人破费。如果有，几个人便坐在一起，把自己桌上的酒喝完，还要到邻桌上去搜寻剩余物资，直喝得服务员站在桌子旁边等扫地。有时候我们也会找个地方另聚，这可来劲了，一喝就是半天。我们喝酒从不劝酒，也不干杯，酒瓶放在桌上，谁喝谁倒。有时候为了不妨碍餐厅服务员的工作，我们便把酒带回房间，一直喝到晚上一两点。喝酒总是要谈话的，那种谈话如果有什么记录的话，真是毫无意义，不谈文学，不谈政治，谈的尽是些捞鱼摸虾的事。我们都是在江河湖泊的水边长大的，一谈起鱼和水，就争着发言，谈到后来酒也多了，话也多了，土话和乡音就都出来了，汪曾祺听不懂高晓声的武进话，谁也听不懂林斤澜的温州话，好在谁也不想听懂谁的话。此种谈话只是各人的一种抒发，一种对生活的复述和回忆。其实，此种复述可能已经不是原样了，已经加以美化了，说不定哪一会会写到小说里。

汪曾祺和高晓声喝起酒来可以说真的是陶然忘机，把什么都忘了。那一年在上海召开世界汉学家会议，他们二人和林斤澜在常州喝酒，喝得把开会的事情忘了，或者说并不是忘了，而是有人约他们到江阴或是什么地方去吃鱼、喝酒，他们就去了，会也不开了。说起来这个会议还是很重要的，世界上著名的汉学家都来了，因为名额的限制，中国作家参加的不多。大会秘书处到处打电话找他们，找不到便来问我，我一听是他们三人在一起，就知道不妙，叫秘书处不必费心了，听之任之吧。果然，到了会议的第二天，高晓声打电报来，说是乘某某次列车到上海，要人接站。秘书处派人去，那人到车站一看，坏了，电报上的车次是开往南京的，不是到上海的。大家无可奈何，也只能随他去。想不到隔了几个小时，他们弄了一辆破旧的上海牌汽车，摇摇摆摆地开上小山坡来了，问他们怎么回事，只是说把火车的车次记错了，喝酒的事只字不提。

还有一次是在香港，中国作家协会组织了一个大型的代表团到香港访问，代表团内有老中青三代人，和香港的文化界有着多方面的联系，一到香港就乱了，你来请，他来拉。那时香港请客比内地厉害，一天可以吃四顿，包括请吃宵夜在内。汪曾祺在香港的知名度很高，特别是他在一次与香港作家讨论语言与传统文化时的发言，简直是语惊四座。当时，香港有一位文化人，他的职业是看风水和看相，灵验有如神仙，声望很高，酬金也很高，是位富豪。不知道他怎么会了解到汪曾祺也懂此道，并尊江曾祺为大哥，他一定要请汪曾祺吃晚饭，并请黄裳和我作陪。我因为晚上要开会，不能去。到了晚上十一二点钟，我的房门突然被人猛力推开，一个人跟跄着跌进来，一看，是汪曾祺，手里还擎着大半瓶 XO，说是留给我的。大概是神仙与酒仙谈得十分投机，喝得也有十分酒意。汪曾祺乘兴和我大谈推背图和麻衣相，可惜当时我有点心不在焉，没有学会。

汪曾祺不仅嗜酒，而且懂菜，他是一个真正的美食家，因为他除了会吃之外还会做，据说他很能做几样拿手的菜。我没有吃过，邓友梅几次想吃也没有吃到。约好某日他请邓友梅吃饭，到时又电话通知，说是不行，今天什么原料没有买到，改日。到时又电话通知，还是某菜或是什么辅料没有买到。邓友梅要求马虎点算了，汪曾祺却说不行，在烹调学中原料是第一。终于有一天，约好了时间没有变，邓友梅早早地赶到。汪曾祺不在家，说是到菜场买菜去了。可是等到快吃饭时却不见他回来，家里的人也急了，便到菜市场去找。一看，他老人家正在一个小酒店里喝得起劲，说是该买的菜还是没有买到，不如先喝点吧，一喝又把请客的事儿忘了。邓友梅空欢喜了一场，还是没有吃到。看来，想吃酒仙的菜是不容易的。

泡在酒里的老头儿

□ 汪 明

妈妈高兴的时候，管爸叫"酒仙"，不高兴的时候，又变成了"酒鬼"。做酒仙时，散淡洒脱，诗也溢彩，文也隽永，书也飘逸，画也传神；当酒鬼时，口吐狂言，歪倒醉卧，毫无风度。仙也好，鬼也罢，他这一辈子，说是在酒里"泡"过来的，真是不算夸张。据爸说，他在十来岁时已经在他父亲的纵容下，能够颇有规模地饮酒。打那时起，一发不可收拾，酒差不多成了他的命根子。很难想象，若有三天五日见不到酒，他的日子该如何打发。

最初对"爸与酒"的印象大约是在我三四岁的时候，那也算是一种"启蒙"吧。说来奇怪，那么小的孩子能记住什么，却偏把这件事深深地印在脑子里了。

保姆在厨房里热火朝天地炒菜，还没开饭。爸端了一碟油炸花生米，一只满到边沿的玻璃杯自管自地先上了桌。我费力地爬上凳子，跪在那儿直盯盯地看着他，吃几个豆，抿一口酒，嘎巴嘎巴，吱拉吱拉……我拼命地咽口水。爸笑起来，把我抱到腿上，极有耐心地夹了几粒花生米喂我。用筷子指指杯子："想不想尝尝世界上最香的东西？"我傻乎乎地点头。爸用筷子头在酒杯里沾了，送到我的嘴里——又辣又呛，嘴里就像要烧起来一样！我被辣得没有办法，只好号啕起来。妈闻声赶来，又急又气："汪曾祺！你自己已经是个酒鬼，不要再害我的孩子！"

五岁的时候，我再次领略了酒的厉害。那一年，爸被"补"成了"右派"，而我们对这一变故浑然不知。爸约了一个朋友来家喝酒。在昏暗的灯光下（也许只是当时的感觉），两人都阴沉着脸，说的话很少，喝的酒却很多。我正长在不知好歹的年龄里，自然省不下"人来疯"，抓起一把鸡毛掸子混耍一气……就在刹那间，对孩子一向百依百顺的爸忽然像火山一样地爆发起来！他一把拎住我，狠狠地掀翻在床上，劈手夺过毛掸，没头没脑地一顿狂抽。我在极度的惊恐中看到了他被激怒的脸上那双通红的眼睛，闻到了既熟悉又陌生的浓烈的酒气。一个五岁的孩子，只能有一个反应，就是咧开大嘴痛哭一场，赖声赖气地哭得自己头都昏了……后来我总是提醒爸爸：你打过我！他对这惟一的"暴力事件"后悔不已，说早知道你会记一辈子，当时我无论如何都会忍一忍。

我对爸说，我不记恨你，我只是忘不掉。

爸结束了"右派"生涯，从沙岭子回到北京时，我们家住在国会街。他用很短的时间熟悉了周围的环境，离家最近的一家小酒铺成了他闭着眼睛都找得到的地方。酒铺就在宣武门教堂的门前。窄而长的一间旧平房，又阴暗，又潮湿。一进门的右手是柜台。柜台靠窗的地方摆了几只酒坛，坛上贴着红纸条，标出每两酒的价钱：八分，一毛，一毛三，一毛七……酒坛的盖子包着红布，显得古朴。柜台上排列着几盘酒菜，盐煮花生、拍黄瓜。门的左手是四五张粗陋的木桌，散散落落的酒客：有附近的居民，也有拉板车路过的，没有什么"体面"的人。

爸许愿给我买好吃的，拉我一起去酒铺。（妈说，哪儿有女孩子去那种地方的？）跨过门槛，他就融进去了，老张老李地一通招呼。我蹲在地上，用酒铺的门一个一个地轧核桃吃。已经轧了一大堆核桃皮了，爸还在喝着，聊着，天南地北，云山雾罩。催了好几次，一动都不动。终于打算离开，可是他已经站立不稳了。拉着爸走出酒铺时，听见身后传来老王口齿不清的声音："我——告诉你们，人家老汪，不是凡人！大编剧！天才！"回头看了一眼，一屋子人都醉眼惺忪的，没有人把老王的话当真（老王后来死了，听说是喝酒喝死的）。回家的路上，爸在马路中间深一脚浅一脚地打晃，扶都扶不住，害得一辆汽车急刹车，司机探出头来大骂"酒鬼"，爸目光迷朦地朝司机笑。我觉得很丢人。回到家里，他倒头便睡，我可怜巴巴地趴在痰盂上哇哇地呕吐，吐出的全是嚼烂了的核桃仁！

"文革"初期，爸加入了"黑帮"的行列，有一段时间，被扣了工资——对"牛鬼蛇神"来说，这种事情似乎应在情理之中。于是，家里的财政状况略显吃紧。妈很有大将风度，让我这个当时只有十三四岁的孩子管家。每月发了工资，交给我一百块钱（在当时是一大笔钱了），要求是，最合理地安排好柴米油盐等家庭日常开销。精打细算以后，我决定每天发给爸一块钱。爸毫无意见，高兴地说："这一块钱可以买不少东西呢！"他屈指算着：五毛二买一包香烟，三毛四打二两白酒，剩一毛来钱，吃俩芝麻火烧！"中午别喝酒了"，我好言相劝，"又要挨斗，又要干活儿，吃得好一点。"爸很精明地讨价还价："中午可以不喝，晚上的酒你可得管！"

一天早晨已经发给爸一块钱，他还磨磨蹭蹭地不走。转了一圈，语气中带着讨好："妞儿，今儿多给几毛行吗？""干嘛？""昨儿中午多喝了二两酒，钱不够，跟人借了。"我一下子火了起来："一个黑帮，还跟人借钱喝酒？谁肯借给你！"爸嘀咕："小楼上一起的。"（小楼是京剧团关"黑帮"的地方）我不容商量地拒绝了他。被我一吼，爸短了一口气，捏着一块钱，讪讪地出了门。

晚饭后，酒足饭饱的爸和以往一样，又拿我寻开心：

082

胖子胖，

打麻将。

该人钱，

不还账。

气得胖子直尿炕！

    不甘示弱，不紧不慢地说："胖子倒没欠账，可是有人借钱嗞喝酒，赖账不还，是谁谁知道！"爸被我回击得只剩了臊眉耷眼的份儿了。第二天，爸一回家，就主动汇报："借的钱还了！"我替他总结："不喝酒，可以省不少钱吧？"他脸上泛着红光，不无得意地说："喝酒了。""？""没吃饭！"

    我刚从东北回北京的那段日子，整天和爸一起呆在家里。他写剧本，不坐班；我待业。一到下午三点来钟，爸就既主动又迫切地拉着我一起去甘家口商场买菜。我知道，买菜是他的责任，也是他的借口，他真正的盼头在 4 点钟开门的森隆饭庄。出门前，爸总要检查一下他的小酒瓶带了没有。买了菜，马上拐进森隆。饭庄刚开门，只有我们两个顾客。爸给我要一杯啤酒，他自己买二两白酒，不慌不忙地嗞着。喝完了，掏出小酒瓶，再打二两，晚饭时喝。我威胁他："你这样喝，我要告诉妈！"爸双手抱拳，以韵白道："有劳大姐多多地包涵了！"有次他自己买菜，回来倒空了菜筐，也没找到那只小酒瓶。一个晚上，他都有点失落。第二天我陪他去森隆，远远看见那瓶子被高高摆在货架顶上。爸快步上前，甚至有些激动："同志！"

泡在酒里的老头儿

083

他朝上面指指："那是我的！"服务员是个小姑娘，忍了半天才憋住笑："知道是您的！昨天喝糊涂了吧？我打了酒一回头，您都没影儿了！"

爸的喝酒一向受到妈妈的严格管制，后来连孙女们都主动做监管员。汪朗的女儿和我女儿小的时候，如果窥到爷爷私下喝酒，就高声向大人告发，搞得爸防不胜防，狼狈不堪。一次老头儿在做菜时"偷"喝厨房的料酒，又被孩子们撞到，孙女刚喊"奶奶"——老头儿连忙用手势央求。她们命令爷爷弯下腰，张开嘴，俩孩子踮着脚尖嗅来嗅去，孩子们对黄酒的气味陌生，老头儿躲过一顿痛斥。

多年以后的一个星期天，我们回家看爸爸妈妈。爸缩在床上，大汗淋漓，眼里泛出黄黄的颜色。问他怎么了？他痛苦不堪地指指肚子，我们以为是肝区。哎，喝了那么多年的酒，真的喝出病来了。送爸去医院前，妈非常严肃地问："今后能不能不再喝酒？"爸萎作一团，咬着牙，不肯直接回答。

费了九牛二虎之力，好歹把爸弄到诊室的床上，医生到处摸过叩过，又看了一大摞化验单，确诊为"胆囊炎急性发作"。大家都松了一口气。我蹲下为爸穿鞋，顺便问大夫："今后在烟酒上有什么限制？"话音未落，很明显地感到爸的脚紧张地僵了一下。大夫边填处方，边漫不经心地说："这个病与烟酒无关。"

"嘻嘻……"爸马上捂着嘴窃笑，简直像是捡了个大便宜。刚刚还挤满了痛苦皱纹的那张脸，一瞬间绽出了一朵灿烂的花儿，一双还没有褪去黄疸的眼睛里闪烁着失而复得的喜悦！刚进家门，爸像一条虾米似的捂着仍在作痛的胆，朗声宣布："我还可以喝酒！"

然而，科学就是科学，像爸这样经年累月地泡在酒里，铁打的肝也受不了。在他晚年时，他的酒精性肝炎发展为肝硬变。医生明确地指出问题的严重性。爸在他视为生命的写作和酒之间进行了折中的处理：只饮葡萄酒，不再喝白酒。在一段时间里，他表面上坚持得还算好。（当然免不了小动作）

一九九七年四月底，爸应邀去四川参加"五粮液笔会"。临行前，我们再三警告他：不准喝白酒。爸让我们放心，说他懂得其中的利害。笔会后爸回到北京，发现小腿浮肿，没过几天，五月十一日夜里，爸因肝硬变造成的食道静脉曲张破裂而大量吐血。这次他真的知道了利害。在医生面前，他像一个诚实的孩子，"在四川，我喝了白酒"，爸费力地抬起插着输液管的手，用拇指和食指比划着："这样大的杯子，一共 6 杯。"

爸的喝酒一直是我们全家的热门话题。无论谁怎样努力，都没有办法把他与酒分开。和爸共同生活的四十多年里，我们都明白，酒几乎是他那闪光的灵感的催化剂。酒香融散在文思泉涌中。记得有一次和爸一起看电视，谈到生态平衡的问题。爸说："如果让我戒了酒，就是破坏了我的生态平衡。那样活得再长，有什么意思！"也许，爸爸注定了要一生以酒为伴。酒使他聪明，使他快活，使他的生命色彩斑斓。这在他，是幸福的。

母亲的酒

□ 李国文

"酒这个东西，真好！"这是我老母亲每次喝完了最后一口，将酒杯口朝下，透着光线观察再无余沥时，总爱说的一句话。

她喜欢酒，但量不大，一小杯而已。有的人喝酒，讲究下酒菜，六七十年代，我们的日子过得很窘，两口子的工资加在一起，不足一百多块钱，要维持老少五口人的开支，相当拮据。她也能够将就，哪怕炒个白菜，拌个菠菜，也能喝得香喷喷的。那时，几乎买不起瓶酒，更甭说名酒了，都是让孩子拎着瓶子到副食店里去零打。这类散酒，用白薯干为原料酿制，酒烈如火，霎那间的快感，是不错的，但爱上头，尤其多喝两口以后，那脑袋很不舒服的。

然而，她还是要说："酒这个东西，真好！"

我妻子吃酒酿圆子都会醉的，不过，她很喜欢闻那股白酒的香味，所以，一家人围桌而坐，老太太拿出酒杯，倒酒便是她的差使。那时，我们很穷，穷得不得不变卖家中的东西。可再穷，这杯酒还是要有的。因为有富人的酒，也有穷人的酒，喝不起佳酿，浊酒一盏，也可买醉。后来，随着大环境的改变，我们的生活渐入佳境，好酒名酒，也非可望而不可即了，可是我母亲仍对二锅头情有独钟。我曾经写过一篇《酒赞》，就是赞扬这种价廉物美的老百姓喝得起的酒，歌颂这种陪伴我们一家人度过艰辛岁月的酒。

现在回想起故去的老母亲那句话，"酒这个东西，真好！"就会记起当时饭桌上的温馨气氛，在那个讲斗争哲学的大风大浪里，家像避风港一样，给你一个庇护所，在老少三代同住一室的小屋子里，还有一缕徐徐萦绕在鼻尖的酒香，那充实的感觉，那慰藉的感觉，对一个屡受挫折的人来说，是最难得的一种幸福。我怀念那有酒的日子。酒，意味着热量，意味着温暖。那时，我像一头受伤的动物，需要躲起来舔我流血的伤口，这家，正是我足以藏身，可避风霜的洞穴。

那时候，很有一些人，从无名之辈，到声名鼎沸的诸如我的同行之流，最终走上了绝路，很大程度是由于内外相煎的结果。如果我经受了大会小会的批斗以后，拖着沉重的身子回到家来，若是再得不到亲人的抚慰鼓励，而是白眼相待，而是划

母亲的酒

清界限，这样雪上加霜的话，家庭成了一座冷冰冰的心狱，还有什么必要在这个世界上存活下去呢？

虽然，说是避风港，未必就能保证绝对安全，不知什么时候，什么事情，凶险和不幸破门而入。所以，那时的穷，倒不是最可怕的事情，猝不及防的发难，才是真正令人忧心的。穷，只要不到断炊的地步，是可以用精打细算的安排，用开源节流的办法挨过去的。甚至还允许有一点点奢侈，让孩子为奶奶去打四两散酒。而那些总是看你不顺眼，总是要想法使你过得不痛快，总是恃自己政治上的优越，要将你踩到烂泥里去的人，简直防不胜防。因此，当老母亲把酒杯翻转来，对着透过窗户的冬日阳光，说"酒这个东西，真好"时，即使那是片刻的安宁，短暂的温馨，也是难能可贵的。尤其一家人在默默无言中，期望着你能在困境中支撑下去的眼神，更是让我觉得无论如何都不能倒下去的原动力。

其实，一九五七年因为写了一篇小说，我被打成"右派"。我和妻子约好，没有必要将此事告诉老人，让她在思想中有一种负担；但天长日久，她也不可能毫无察觉我的碧落黄泉式的政治跌宕。不过，她始终装作什么也不知道，直到她离开这个世界。但也是从那以后，她有了这种喝上一杯，麻醉自己的习惯，而且一定要说出那句关于酒的口头禅。

前不久，上海一张报纸上发表出丁聪先生画我的一张漫画，有我自题的一首打油诗，其中"碰壁撞墙家常事，几度疑死恶狗村。'朋友'尚存我仍活，杏花白了桃花红"的"疑死"二字，绝非夸张之词，这就更让我怀念那杯母亲的酒了。一般来讲，她喝酒，从来不鼓励家中的别人喝酒，但在"史无前例"的年代，当那些"朋友"们"帮助"得我"体无完肤"，真觉得离死不远的苦痛中，我母亲会破例地在喝完那小杯酒，在说"酒这个东西，真好"时，再倒上一杯，放在被斗得身心疲惫的我的面前……

　　如今，须发皆白的我，也到了我母亲喝酒时的那般高龄了。据报纸载，喝一点干红，对于上了年纪的人来讲，或许益处更多。现在，孩子们都有了自己的家，空巢中的我和老伴，每当在饭桌前坐下来，品尝着琥珀红的酒浆时，就会想起那杯母亲的白酒。这一份记忆，也就渲染上一层玫瑰般的甜蜜色彩。

　　于是，"酒这个东西，真好"的话音，就会在耳畔响起。接着往下想，酒，究竟好在哪里呢？这就是：无论在阳光灿烂的季节中，还是在刮风下雨的岁月里，只要是有酒的日子，那幸福，就属于你。

二锅头颂

□ 李国文

听说北京的二锅头酒，进了人民大会堂，上了国宴，此事是否属实，不得而知。我也没有荣幸遇到吃国宴的人物，因而无从查证。但这个传说，表明人们对二锅头酒的一个良好评价。至少认为该酒的内在质量，已经达到了，或者不亚于那些被人民大会堂采用的其他名酒的水平，是很让二锅头酒徒们振奋的。

因为二锅头酒的外观，说实在的，不敢恭维，很不讲究包装，三十年一贯制，迄今无任何改变，瓶子还是那瓶子，招贴还是那招贴。突然声誉鹊起，遐迩闻名，那显然是酒的酿造工艺，制作标准，勾兑技术，质量要求，比之先前有了突飞猛进的变化，真正称得上价廉物美，这才能在街头巷尾，在老百姓中间，有了这一份值得夸耀的口碑。

砸牌子容易，树牌子难，看得出酒厂努力改进产品质量的功夫了。

于是，不妨可以说，正如贵州的茅台，四川的五粮液一样，北京也有了自己的地方名酒，而且是相当大众化的名酒。因此，外地到北京来的旅游者，除了果脯、茯苓饼、烤鸭之外，二锅头也必在纪念品的购物计划之中了。

但更大的消费群，还是北京城的百万普通人家。我敢说，往北京人酒杯里倒进去的酒，二锅头恐怕是主流。那些在豪华酒家、星级饭店，一席千金、酒如流水的高消费者，对三五块钱的二锅头，自然是不屑一顾的。可那些小饭铺，小酒馆，小胡同，居民小院，坐在小板凳上，捏小酒盅者，几乎无一不是二锅头之友。它是老百姓的酒，是芸芸众生的酒，是工薪阶层的酒，也是那瘪瘪的口袋所能负担得起的酒。既然公费吃喝，没有这些人的份，所谓送礼的手榴弹，怎么也摔不到这些人的门口，茅台、五粮液距离他们又是如此的遥远和高不可攀，那么，唯可一醉的就是这买得起的二锅头，感情当然是不同一般的亲切了。

因此，总想歌颂一番这种平民化的酒，此愿久矣！我虽然不是高阳酒徒，但对它颇有一点感情。在不太富裕的日子里，二锅头酒便是桌上的常客了。

记得我老母亲健在的那些年，她是很喜欢晚餐喝上一两盅的。按我后来的经济条件，大概还是能孝敬老人家喝上一点价格不菲的酒，但不论拎回来什么好酒，都不如北京产的60° 二锅头受她欢迎。也许早年艰窘的生活，喝惯了，一打开二锅头那辛辣的芬香，也确实令人留恋。那时我在剧团工作，一些演员晚场卸装以后，通常也爱喝上两盅二锅头，提神解乏。直到现在，那些拍电影电视出外景的，除大腕大牌特殊待遇外，一般二三流角色和剧务场记之流，一包花生米，一瓶二锅头，伴以一通天南地北的神侃，也算是一种难寻难求的自在境界。更甭说那些劳累一天的工人师傅，怎能不抱瓶二锅头，自斟自饮，或三二知己，干上两杯呢？甚至颇有丈夫气的姐们儿，也敢喝上一口两口，过过酒瘾的。总之，这是你我的酒，大家的酒，谁都可以问津的平民百姓的酒。

二锅头的性格，也是这些普通人直来直去的性格，不拐弯抹角，不虚头巴脑。味道很辣，还很有劲，没有思想准备，真像撂你一个跟头似的噎得说不出话来。酒性很烈，而且很有穿透力，一入口中，立刻冲向五脏六腑。然后一股热流，从头至脚，舒筋活血，疲乏顿消。然后眼热耳红，头脑发涨，腾云驾雾，浑身通泰。因为酒是自己花钱买的，一到微醺状态，见好就收。此刻，一切烦恼，苦闷，不愉快，不如意，通通置之度外。夕阳西去，万家灯火，醉眼朦胧，怡然自得；然后倒头一觉，养精蓄锐，明日再为生活奔走。说实在的，在这些人的生活中，什么也比不上二锅头带来的欣快和愉悦了。

因此，二锅头酒好就好在这份难得的知己情分上，好在没有架子的平民精神上，好在负担得起的价格优势上，尤其值得二锅头之友骄傲的，所有喝这种酒的人，很少有人拿公家支票去买二锅头的。那大饭店里公费请客，绝不会有人提议上二锅头的。不喝白不喝，不点茅台、五粮液，岂不是太土了么？

所以，喝二锅头酒的，全部自费，不吃国家，心里无愧，光明正大，也许是这种酒的最好之处了。

到"曲江春"吃酒

□ 王　蒙

　　夏日里，在书房里呆得闷了，惟一能解烦的是酒。酒当然不一定是名酒，却绝对要有知己，三个四个的，一壶酒喝下去，更多的话溢出来，谈文论艺，这一晌就会过得十分的惬意了。遗憾的是这等乐事，常常没有个地方：家里的环境太狼狈，到公园里去吧，那也不再是个清静的去处，而去郊外，则是过远了。于是，我们总在电话上通知：

　　"到'曲江春'楼上去！"

　　这楼上人并不多，好在不多。北墙上是一面墙的树林子的照片，苍翠森森，荫冷匝地，日光偶有照射，不仅无燥热之感，更觉幽凉可爱。楼之中央，是一水池，倒映着池边的绿树，水池中游鱼、小荷、五色石子，苔藓缀在山石上，如雕花饰，有飘忽飞动之态。而南墙又是一片树林，其实是一墙玻璃镜面，北墙的照片正映其上，这样就构成了一个幽清谧静的天地。置一小桌就在树下池边，试想，天上来绿，脚下生凉，讨几碟菜、一壶酒慢慢吃将起来，吃的仅是酒菜吗?

人既然知己，客去就无间，坐列就无序，随形适意，得意忘形，抚一把琴来，一人唱起，众人附和，直弄得耳热眼蒙之时，看对面墙上，墙已丧去，树林深处，绰绰有人影坐喝，遂举杯相邀，兀不知自己邀自己也。望身后墙上，墙也不为墙，绿注杯里，耳际里似乎听得蝉鸣蛐唱，便不禁对着池面遥想太湖月夜，赤壁泛舟，吟一曲"清风徐来，水波又兴"了。欢至碟光杯尽，轻飘飘步下楼去，街上的热浪炙身扑来，方明白刚才全是太虚幻境。

难得这一场虚幻，酒是蒙蔽人的，"曲江春"也是蒙蔽人的，因为太清醒了，人才需要酒，因为城市太热闹了，才需要"曲江春"。酒和"曲江春"是和谐的，是美，是一种艺术啊。

但愿偷得半日闲，多去"曲江春"。

我的喝酒

□ 王　蒙

上

我不是什么豪饮者。"一年三百六十日，一日畅饮三百杯"的纪录不但没有创造过，连想也不敢想。只是"文化大革命"那十几年，在新疆，我不但穷极无聊地学会了吸烟，吸过各种牌子的烟，置办过"烟具"——烟斗、烟嘴、烟荷包（装新疆的马合烟用）；也颇有兴味地喝了几年酒，喝醉过若干次。

穷极无聊。是的，那岁月的最大痛苦是穷极无聊，是死一样地活着与活着死去。死去你的心，创造之心，思考之心，报国之心；死去你的情，任何激情都是可疑的活着有罪的；死去你的回忆——过去的一切如黑洞、惨不忍睹；死去你的想象——任何想象似乎都只能带来危险和痛苦。

然而还是活着，或者也总还是活着的快乐。比如学、说、读维吾尔语，比如自己养的母鸡下了蛋——还有一次竟孵出了十只欢蹦乱跳的鸡雏。比如自制酸牛奶——质量不稳定，但总是可以喝到肚里；实在喝不下去了，就拿去发面，仍然物尽其用。比如……也比如饮酒。

饮酒，当知道某次聚会要饮酒的时候便已有了三分兴奋了。未饮三分醉，将饮已动情。我说的聚会是维吾尔农民的聚会。谁家做东，便把大家请到他家去，大家靠墙围坐在花毡子上，中间铺上一块布单，称作"dastirhan"。维吾尔人大多不喜用家具，一切饮食、待客、休息、睡眠，全部在铺在矮炕上的毡子（讲究的则是地毯）上进行。毡子上铺上了干净的"dastirhan"，就成了大饭桌了。然后大家吃馕（náng，一种烤饼），喝奶茶。吃饱了再喝酒，这种喝法有利于保养肠胃。

维吾尔人的围坐喝酒总是与说笑话、唱歌与弹奏二弦琴（都塔尔）结合起来。他们特别喜欢你一言我一语地词带双关地笑谑。他们常常有各自的诨名，拿对方的诨名取笑便是最最自然的话题。每句笑谑都会引起一种爆发式的大笑，笑到一定时候，任何一句话都会引起这种起哄作乱式的大笑大闹。为大笑大闹开路，是饮酒的一大功能。这些谈话有时候带有相互挑战和比赛的性质，特别是遇到两三个善于词令的人坐在一起，立刻唇枪舌剑，你来我往，话带机锋地较量起来，常常是大战八十回合不分胜负。旁边的人随着说几句帮腔捧哏的话，就像在斗殴中"拉便宜手"一样，不冒风险，却也分享了战斗的豪情与胜利的荣耀。

玩笑中也常常有"荤话"上场，最上乘的是似素实荤的话。如果讲得太露太黄，便会受到大家的皱眉、摇头、叹气与干脆制止，讲这种话的人是犯规和丢分的。另一种犯规和丢分的表现是因为招架不住旁人的笑谑而真的动起火来，表现出粗鲁不逊，这会被责为"qidamas"——受不了，即心胸狭窄、女人气。对了，忘了说了，这种聚会一本全都是清一色男性。

参加这样的交谈能引起我极大的兴趣，因为自己无聊。因为交谈的内容很好笑，气氛很火热。思路及方式颇具民俗化、文化学的价值。更因为这是我学习维吾尔语的好机会，我坚信参加一次这样的交谈比在大学维语系里上教授的三节课收获要大得多。

此后，当有人问我学习维吾尔语的经验的时候，我便开玩笑说："要学习维吾尔语，就要和维吾尔人坐到一起，喝上它一顿、两顿白酒才成！"

是的，在一个百无聊赖的时期，在一个战战兢兢的时期，酒几乎成了惟一的能使人获得一点兴奋和轻松的源泉。非汉民族的饮酒聚会，似乎在疯狂的人造阶级斗争中，提醒人们注意人们仍然有过并且没有完全灭绝太平地、愉快地享受生活的经验。食物满足的是肠胃的需要，酒满足的是精神的需要，是放松一下兴奋一下闹腾一下的需要，是哪怕一刻间忘记那些人皆有之的，于我尤烈的政治上的麻烦、压力的需要，在饮下酒两三杯以后，似乎人和人的关系变得轻松了乃至靠拢了。人变得想说话，话变得多了。这是多么好啊！

中

一些作家朋友最喜欢谈论的是饮酒的四个阶段：第一阶段饮者像猴子，变得活泼、殷勤、好动。第二阶段像孔雀，饮者得意洋洋，开始炫耀吹嘘。第三阶段是老虎，饮者怒吼长啸，气势磅礴。第四阶段是猪。据说这个说法来自非洲。真是惟妙惟肖！而在"文革"中像老鼠一样生活着的我们，多么希望有一刻成为猴子，成为孔雀，成为老虎，哪怕最后烂醉如泥，成为一头猪啊！

我也有过几次喝酒至醉的经验，虽然，许多人在我喝酒与不喝酒的时候都频频夸奖我的自制能力与分寸感，不仅仅是对于喝酒。

真正喝醉的境界是超阶段，是不接受分期的。醉就是醉，不是猴子，不是孔雀，不是老虎，也不是猪。或者既是猴子，也是孔雀，还是老虎与猪，更是喝醉了的自己，是一个瞬间麻痹了的生命。

有一次喝醉了以后我仍然骑上自行车穿过闹市区回到家里。我当时清醒地意识到自己是醉（据说这就和一个精神病人能反省和审视自己的精神异常一样，说明没有大醉或大病）了，意识到酒后冬夜在闹市骑单车的危险。今天可一定不要出车祸呀！出了车祸一切就都完！一定要控制住自己的身体平衡！一定要躲避来往的车辆！看，对面的一辆汽车来了……一面骑车一面不断地提醒着自己，忘记了其他的一切。等回到家，我把车一扔，又是哭又是叫……

还有一次小醉之后我骑着单车见到一株大树，便弃车扶树而俯身笑个不住。这个醉态该是美的吧？

有一次我小醉之后异想天开去打乒乓球。每球必输。终于意识到，喝醉了去打球，不是一个正确的选择。喝醉了便全不在乎输赢，这倒是醉的妙处了。

最妙的一次醉酒是七十年代初期在乌鲁木齐郊区上"五·七"干校的时候。那时候我的家还丢在伊犁。我常常和几个伊犁出生的少数民族朋友一起谈论伊犁，表达一种思乡的情绪，也表达一种对于自己所在单位前自治区文联与当时的乌拉泊干校"一连"的没完没了的政治学习与揭发批判的厌倦。一次和这几个朋友在除夕之夜一起痛饮。喝到已醉，朋友们安慰我说："老王，咱们一起回伊犁吧！"据说我当时立即断然否定，并且用右手敲着桌子大喊："不，我想的并不是回伊犁！"我的醉话使朋友们愕然，他们面面相觑，并且事后告诉我说，他们从我的话中体味到了一些别的含义。而我大睡一觉醒来，完全、彻底、干净地忘掉了这件事。当朋友们告诉我醉后说了什么的时候，我自己不但不能记忆，也不能理解，甚至不能相信。但是我看到了受伤的右手，又看到了被我敲坏了桌面的桌子。显然，头一个晚上是醉了，真的醉了。

好好的一个人，为什么要花钱买醉，一醉方休，追求一种不清醒不正常不自觉浑浑噩噩莫知所以的精神状态呢？这在本质上是不是与吸毒有共通之处呢？当然，吸毒犯法，理应受到严厉的打击。酗酒非礼，至多遭受一些物议。我不是从法学或者伦理学的观点来思考这个问题，而是从人类的自我与人类的处境的观点上提出这个问题的。

面对一个喝得醉、醉得癫狂的人我常常感觉到自我的痛苦，生命的痛苦。对于自我的意识为人类带来多少痛苦！这是生命的灵性，也是生命的负担。这是人优于一块石头的地方，也是人苦于一块石头之处。人生与社会为人类带来多少痛苦！追求宗教也罢，追求（某些情况下）艺术也罢，追求学问也罢，追求美酒的一醉也罢，不都含有缓解一下自我的紧张与压迫的动机吗？不都表现了人们在一瞬间宁愿认同一只猴儿、一只孔雀、一只虎或者一头猪的动机吗？当然，宗教艺术学问，还包含着远为更高更阔更繁复的动机；而且，这不是每一个人都做得到的。而饮酒，则比较简单易行、大众化、立竿见影；虽有它的害处却不至于像吸毒一样可怖，像赌博一样令人倾家荡产，甚至于也不像吸烟一样有害无益。酒是与人的某种情绪的失调或待调有关的。酒是人类的自慰的产物。动物是不喜欢喝酒的。酒是存在的痛苦的象征。酒又是生活的滋味、活着的滋味的体现。撒完酒疯以后，人会变得衰弱和踏实——"几日寂寥伤酒后，一番萧索禁烟中"。酒醉到极点就无知无觉，进入比猪更上一层楼的大荒山青埂峰无稽崖的石头境界了。是的，在猴、孔雀、虎、猪之后，我们应该加上饮酒的最高阶段——石头。

好了，不再做这种无病呻吟了。（其实，无病的呻吟更加彻骨，更加来自生命自身。）让我们回到维吾尔人的欢乐的饮酒聚会中来。

下

在维吾尔人的饮酒聚会中，弹唱乃至起舞十分精彩。伊犁地区有一位盲歌手名叫司马义，他的声音浑厚中略有嘶哑。他唱的歌既压抑又舒缓，既忧愁又开阔，既有调又自然流露。他最初的两句歌总是使我怆然泪下。"一声何满子，双泪落君前"，我猜想诗人是只有在微醺的状态下才能听一声《何满子》就落泪的。我最爱听的伊犁民歌是《羊羔一样的黑眼睛》，我是"一声黑眼睛，双泪落君前"，现在在香港客居，写到这里，眼睛也湿润了。

和汉族同志一起饮酒没有这么热闹。酒的作用似乎在于诱发语言。把酒谈心，饮酒交心，以酒暖心，以心暖心，这就是最珍贵的了。

还有划拳，借机伸拳捋袖，乱喊乱叫一番。划拳的游戏中含有灌别人酒、看别人醉态洋相的取笑动机，不足为训，但在那个时候也情有可原。否则您看什么呢？除了政治野心家的"秀"，什么"秀"也没有了。可惜我划拳的姿势和我跳交际舞的姿势处于同一水准，丑煞人也。讲究的划拳要收拢食指，我却常常把食指伸到对手的鼻子尖上。说也怪，我其实是很注重勿以食指指人的交际礼貌的，只是划拳时控制不住食指。

"何以解忧，唯有杜康"，"古来圣贤皆寂寞，唯有饮者留其名"，"光阴须得酒消磨"，"明朝酒醒知何处"（后二句出自苏轼）……我们的酒神很少淋漓酣畅的亢奋与浪漫，倒多是"举杯浇愁愁更愁"的烦闷，不得意即徒然地浪费生命的痛苦。我们的酒是常常与某种颓废的情绪联系在一起的。然而颓废也罢，有酒可浇，有诗可写，有情可抒，这仍然是一种文人的趣味，文人的方式，多获得一种趣味和方式，总是使日子好过一些，也使我们的诗词里多一点既压抑又豁达自解的风流。酒的贡献仍然不能说是消极的。至于电影《红高粱》里的所谓对于"酒神"的赞歌，虽然不失为很好看的故事与画面，却是不可以当真的。制作一种有效果——特别是视觉效果的风俗画，是该片导演常用的一种艺术表现手法，而与中国人的酒文化未必相干。

近年来在国外旅行有过多次喝"洋酒"的机会，也不妨对中外的酒类做一些比较。许多洋酒在色泽与芳香上优于国酒。而国酒的醇厚别有一种深度。在我第一次喝干雪梨（Cherry·dry）酒的时候我颇兴奋于它与我们的绍兴花雕的接近。后来与内行们讨论过绍兴黄的出口前景（虽然我不做出口贸易），我不能不叹息于绍兴黄的略嫌混浊的外观。既然黄河都可以治理得清爽一些，绍兴黄又有什么难清的呢？

我也不明白为什么中国的葡萄酒要搞得那么甜。通化葡萄酒的质量是很上乘的，就是含糖量太高了。他们能不能也生产一种干红（黑）葡萄酒呢？

我对南中国一带就着菜喝"人头马"、"XO"的习惯觉得别扭。看来我其实是一个很易保守的人。我总认为洋酒有洋的喝法。饭前、饭间、饭后应该有区分。怎么拿杯子，怎么旋转杯子，也都是"茶道"一般的"酒道"。喝酒而无道，未知其可也。

而我的喝酒，正在向着有道而少酒无酒的方向发展。医生已经明确建议我减少饮酒。我又一贯是最听医生的话、最听少年儿童报纸上刊载的卫生规则一类的话的人。就在我著文谈酒的时候，我丝毫没有感到"饮之"的愿望。我不那么爱喝酒了。"文化大革命"的日子毕竟是一去不复返了。

这又是一种什么境界呢？饮亦可，不沾唇亦可。饮亦一醉，不饮亦一醉。醉亦醒，不醉亦醒。醒亦可猴，可孔雀，可虎，可猪，可石头。醉亦可。可饮而不嗜。可嗜而不饮。可空谈饮酒，滔滔三日，绕梁不绝，而不见一滴。也可以从此戒酒，就像我自 1978 年 4 月再也没有吸过一支烟一样。

1993 年 4 月写，时居香港岭南学院。

谈 酒

□ 唐鲁孙

最近读到有关喝酒的文章，一下子把我的酒瘾勾上来啦。现在把我喝过的酒也写点出来，请杜康同好，加以指教。

中国的酒，大致说起来，约分南酒、北酒两大类，也可以说是南黄北白。大家都知道南酒的花雕、太雕、竹叶青、女儿红，都是浙江绍兴府属一带出产。可是您在绍兴一带，倒不一定能喝到好绍兴酒，这就是所谓出处不如聚处啦。打算喝上好的绍兴酒，那要到北平或者是广州，那才能尝到香郁清醇的好酒，陶然一醉呢。

绍酒在产地做酒胚子的时候，就分成京庄、广庄，京庄销北平，广庄销广州，两处一富一贵，全是路途遥远，舟车辗转，摇来晃去的。绍酒最怕动荡，摇晃得太厉害，酒就混浊变酸。所以运销京庄、广庄的酒，都是精工特制，不容易变质的酒中极品。

早年仕宦人家，只要是嗜好杯中物，差不多家里都存着几坛子佳酿。平常请客全是酿酒庄送酒来喝。遇到请的客人有真正会品酒的酒友时，合计一下人数销酒量，够上这一餐能把一坛酒喝光的时候，才舍得开整坛子酒来待客。因为如果一顿喝不光，剩下的酒一隔夜，酒一发酸，糟香尽失，就全糟蹋啦。绍酒还有一样，最怕太阳晒，太阳晒过的酒，自然温度增高，不但加速变酸，而且颜色加重。您到上海的高长兴，北平的长盛、同宝泰之类的大酒店去看，柜上窖里一坛子一坛子用泥头固封的酒瓶装的太雕、花雕，全是现装现卖，很少有老早装瓶，等主顾上门的。

北平虽然不出产绍兴酒，凡是正式宾客，还差不多都是拿绍兴酒待客。您如果在饭馆订整桌席面请客，菜码一定规，堂倌可就问您酒预备几毛的啦。茶房一出去，不一会儿堂倌捧着一盘子酒进来，满盘子都是白瓷荸荠扁的小酒盅，让您先尝。您说喝八毛的吧，尝完了一翻酒盅，酒盅底下果然划着八毛的码子，那今天的菜不但灶上得用头厨特别加工，就是堂倌也伺候的周到殷勤，丝毫不能大意。一方面佩服您是吃客，再一层真正的吃客，是饭馆子的最好主顾，一定要拉住。假如您尝酒的时候说，今天喝四毛的，尝完一翻酒盅，号的是一毛或一块二的，那人家立刻知道您是真利巴假行家，今天头厨不会来给您这桌菜掌勺，就连堂倌的招呼，也跟着稀松平常啦。

喝绍兴酒讲年份，也就是台湾所谓陈年绍兴，自然是越陈越好，以北平来说，到了民国二十年左右，各大酒庄行号的陈绍，差不多都让人搜罗殆尽，没什么存项。就拿顶老的酒店柳泉居来说吧，在卢沟桥事变之前，已经拿不出百年以上的好酒。倒是金融界像大陆银行的谈丹崖、盐业银行的岳乾斋，那些讲究喝酒的人，家里总还有点老酒存着。以清代度支部司官傅梦岩来讲，他家窖藏就有一坛七十五公斤装，明朝泰昌年间，由绍兴府进呈御用特制的贡酒。据说此酒已成琥珀色酒膏，晶莹耀彩，中人欲醉。

王克敏是傅梦老的门生，听说师门有此稀世佳酿，于是费尽了好一番唇舌，才跟老师要了像糖心松花那么大小一块酒膏。这种酒膏要先放在特大的酒海（能盛三十斤酒的大瓷碗）里，用二十年的陈绍十斤冲调，用竹片刀尽量搅和之后，把浮起的沫子完全打掉，再加上十斤新酒，再搅打一遍，大家才能开怀畅饮。否则浓度太高，就是海量也是进口就醉，而且一醉能够几天不醒。至于这种酒的滋味如何呢，据喝过的人说，甭说喝，就是坐在席面上闻闻，已觉糟香盈室，心胸舒畅啦。

虽然说出处不如聚处，产地不容易喝到好绍酒，可是杭州西湖碧梧轩的竹叶青，倒是别有风味（所说的竹叶青，是绍酒底子的竹叶青，不是台湾名产，以高粱做底子的竹叶青）。碧梧轩的竹叶青，浅黄泛绿，入口醇郁，真如同酒仙李白说的有濯魄冰壶的感受。碧梧轩的酒壶，有一斤的，有半斤的。到碧梧

谈
酒

轩的酒客，都知道喝空一壶，就把空壶往地下一掷，酒壶是越扔越凹，酒是越盛越少。饮者一掷快意，柜上也瞧着开心。此情此景，我想凡是在碧梧轩喝过酒的朋友，大概都还记得，当年自己逸兴遄飞、豪爽隽绝的情景吧。

酒友凑在一块，除了兴来彼此斗斗酒之外，十有八九总要聊聊自己所见最大酒量的朋友。民国二十年笔者役于武汉，曾加入当地陶然雅集酒会，这个酒会是汉口商会会长陈经畲发起主持的。有一次在市商会举行酒会，筵开三桌，欢迎上海来的潘永虞酒友。当天参加的客人，酒量最浅的恐怕也有五斤左右的量，当时正好农历腊八，大家都穿的皮袍。潘君年近花甲，可是神采非常健朗，不但量雅，而且健谈，大家轮流敬酒，不管是大杯小盏，人家是来者不拒。一顿饭吃了三个小时，客人由三桌并成一桌。其他的人，大半玉山颓倒，要不就是逃席开溜。再看潘虞老言笑燕燕，饮啜依然，既未起身入厕，也没宽衣擦汗。酒席散后，我们估计此老大概有五十斤酒下肚。彼时笔者年轻好奇，喝五十斤不算顶稀奇，可是潘虞老的酒销到那儿去了呢？非要请陈会长打听清楚不可。过了几天陈经畲果然来给我回话，他说潘老起先吞吞吐吐，不肯直说。经他再三恳求，潘说当天酒筵散后，真是举步维艰，回到旅舍，在浴室里，从棉裤上足足拧出有二十多斤酒。原来此老出酒，是在两条腿上。那天幸亏是冬季，假如是夏天，他座位四周，岂不是一片汪洋，汇成酒海了吗？

说了半天南酒，现在该谈谈北酒白干啦。北方各省大都出产高粱。所以在穷乡僻壤、陋巷出好酒的原则下，碰巧真能喝到意想不到的净流二锅头。以我喝过的白酒，山西汾酒、陕西凤翔酒、江苏宿迁酒、北平海淀莲花白、四州泸州绵竹大曲，可以说各有所长，让瘾君子随时都能回味迥然不同的曲香。不过以笔者个人所喝过的白酒来说，仍然要算贵州的茅台酒占第一位。

在前清，贵州是属于不产盐的省份，所有贵州的食盐，都是由川盐接济，可是运销川盐都操在晋陕两省人的手里。他们是习惯于喝白酒的，让他们喝贵州土造的烧酒，那简直没法下咽，而且过不了酒瘾。他们发现贵州仁怀县赤水河支流，有条小河，在茅台村杨柳湾，水质清冽，宜于酿酒，盐商钱来得容易，花得更痛快，于是把家乡造酒的老师傅请到贵州，连山陕顶好的酒曲子也带来，于是就在杨柳湾设厂造起酒来。这几位山陕造酒名家，苦心孤诣，不知道经过多少次的细心研究，最后制出来的酒，不但有股子清香带甜，而且辣不刺喉，比贵州土造的酒，那简直强得太多啦。

后来越研究越精，出来一种回沙茅台酒。先在地面挖坑，拿碎石块打底，四面砌好，再用糯米碾碎，熬成米浆，拌上极细河沙，把石隙溜缝铺平，最后才把新酒灌到窖里，封藏一年到两年，当然越陈越好喝。这种经过河沙浸吸，火气全消。所以真正极品茅台酒，只要一开罐，满屋里都洋溢着一种甘冽的柔香，论酒质不但晶莹似雪，其味则清醇沉湛，让人立刻发生提神醒脑的感觉。酒一进嘴，如啜秋露，一股暖流沁达心脾。

真是入口不辣而甘，进喉不燥而润，醉不索饮，更绝无酒气上头的毛病。从此贵州茅台成了西南名酒，又参加巴拿马万国博览会赛会，得过特优奖银杯，更一跃而为中外驰名的佳酿。

直到川滇黔各省军阀割据，互争地盘，茅台地区被军阀你来我往，打了多少年烂仗，一般老百姓想喝好酒，那真是戛戛乎其难。民国二十三年武汉绥靖主任何雪竹先生，奉命入川说降刘湘，刘送了何雪公一批上选回沙茅台酒，酒用粗陶瓦罐包装，瓶口一律用桑皮纸固封。带回汉口，因为酒质醇冽，封口不够严密，一瓶酒差不多都挥发得剩了半瓶，当时武汉党政大员，都是喝惯花雕的。对于白酒毫无兴趣，对于这种土头土脑的酒罐子，看着更不顺眼，谁都不要。所剩十多罐酒，何雪公一股脑都给了我啦。到此闻名已久的真正回沙茅台酒，这才痛痛快快，足喝了一顿。从此凡是遇到喝好白酒的场合，茅台酒坛坛之味仿佛立刻涌上舌本，多么好白酒，也没法跟回沙茅台相比的。

等到吴达诠先生入黔主政，遇到知酒的友好，也会送两瓶茅台酒尝尝。虽然是老窖回沙茅台，可是那些老窖，经过军阀们竭泽而渔的出酒，旧少新多，火气还未全销，酒一进口，就能觉出，已经没有当年纯柔馥郁，令人陶然忘我的风味了。

民国三十五年来台湾后，偶或有人带几瓶贵州的茅台酒来，说是真正的赖茅，其实所谓"赖茅"是"赖毛"的谐音，也就是俏皮这酒是次货，不明就里的人，反而以讹传讹，把这种酒当真材实货来夸耀。可见古往今来，有些事情年深日久，真的能变成假的，而假的反而变成真的。酒虽小道，何独不然。

据我个人品评白酒的等次，山西汾酒是仅次于茅台的白酒，入口凝芳，酒不上头。不过汾酒很奇怪，在山西当地喝，显不出有多好来。可是汾酒一出山西省境，跟别处白酒一比，自然卓尔不群。如果您先来口汾酒，然后再喝别的酒，就是顶好的二锅头，也觉得带有水气，喝不起劲来啦。

北平同仁堂乐家药铺，有一种酒叫绿茵陈，这种酒绿蚁沉碧，跟法国的薄荷酒，一样的翠绿可爱。酒是用白干加绿茵陈泡出来的。燕北春迟，初春刚一解冻，有一种野草叫蒿子的，就滋出嫩芽儿。北平人认为正月是茵陈，二月就是蒿子。绿茵陈酒不但夏天却暑，而且杀水去湿。一交立夏，北平讲究喝酒的朋友，因为黄酒助湿，就改喝白干。一个伏天，总要喝上三五回绿茵陈酒，说是交秋之后，可以不闹脚气。

从前梅兰芳在北平的时候，常跟齐如老下小馆，兰芳最爱吃陕西巷恩承居的素炒豌豆苗，齐如老必叫柜上到同仁堂打四两绿茵陈来，边吃边喝。诗人黄秋岳说，名菜配名酒，可称翡翠双绝，雅人吐属毕竟不凡。现在在台湾甭说喝过绿茵陈的，就是这个名词，恐怕听说过的也不太多啦。可是您在北平喝过同仁堂的绿茵陈，现在一提起来，您会不会觉得香涌舌本，其味无穷呢。

还有北平京西海淀的莲花白，也是白酒里一绝。依据清华大学校长周寄梅先生说，莲花白是清末名士宝竹坡发明的，宝氏鉴于魏时郑公悫曾经拿荷叶盛酒，用荷梗当吸管来啜酒，叫做碧筒杯。他没事就跟船娘如夫人，在江山船上饮酒取乐，有一天灵机一动，让中药铺照吊各种药露方法，用白酒把白莲花一齐吊出露来喝。果然吊出来的露酒，真是荷香芯芯，酝馥沉浸，能够让人神清气爽。当时一般骚人墨客，群起效尤。海淀一带，处处荷塘，由于源出玉泉，荷花特别壮硕，所以制酒更佳。晚清时代名士们诗酒雅集，也就把莲花白列入饮君子的酒谱啦。香远益清，海淀的莲花白，确实当之无愧。

关外长春、沈阳一带，冬季气温太低，朔风砭骨。每天吃早点，都准备一种糊米酒，原料是秫米黄米合酿，颜色赤褐。用薄砂吊子，架在红泥小火炉上炖着，随喝随往里加糖续酒，糟香冉冉，满屋温馨。几杯下肚胃暖肠舒，全身血脉通畅。尽管屋外风刮得像小刀子刺脸，可是有酒在肚，挺身出屋，对于外边的酷冷，也就毫不含糊，这种酒到了冬天，在东北来说，用处可大啦。

咱们中国地大物博，哪一省哪一县，都有意想不到的好酒，上面所写的也不过是我所喝过的几种认为值得一提的好酒而已。还有若干好酒，只闻其名，而没喝过，此时暂且不谈。现在再把我所看见过的酒器写点出来。

中国人从古到今，上至王侯将相，下至贩夫走卒，喝酒都讲究情调，总要找个雅致舒服地方来喝，像京剧里《打渔杀家》的萧恩也要把小舟系在柳阴之下，一边凉爽，一边呷两盅儿。至于豪门巨富，凡事都要踵事增华。喝酒既然是讲情趣，所以他们喝酒的方法，所用的酒具，也就非我们现代人所能想得到的啦。抗战之前，河北南官郭世五先生，是中国著名的藏瓷家，他所藏历代名瓷，可以说是精细博雅。他曾经写了一本《瓷谱》行世。冀东事变发生，平津局势日渐恶化，他恐怕毕生心血沦入日寇之手，于是他打算把藏瓷里神品，运到美国去展览，然后暂时就先庋藏国外。他把一切出国手续全部委托通济隆公司办理，通济隆的经理平桂森，是我的同窗好友，于是有机会到郭府观赏一番。

有关酒器的珍品，一共看了三件。一件是棕褐色宋瓷酒柜（据说宋朝有一种推车子沿街卖酒的。咱不懂考据，大概《水浒传》里一段劫生辰纲买酒喝的情形，可能类似）。柜是椭圆形，六寸多高，八寸来长。中央下方有一小孔出酒，不用时有一瓷塞子堵住。色泽珉珖古拙，隐泛宝光，其形状跟北平当年挑水三哥所推的独轮车上的水柜，完全一样，不过水柜是一分为两个出水口而已。至于酒柜的车架，郭老特别郑重声明，是经过多年苦心搜求而得的明代雕红精品。车上的辌轼软轸，不但是缕金凿花，而且纹理细微，古趣盎然。据郭老说这件酒器，是仿照宋代元符年间所用酒柜，缩小烧制。本来是内库珍玩，流传到现在，可以说是件宝器啦。最难得的是郭老费尽九牛二虎之力，跟闽侯陈家用正统官窑一对小狮子，才换来的那座镂金雕红酒柜车架。虽然车架是景泰年间所制，可是高低宽窄尺寸，都跟酒柜配合得天衣无缝，如同天造地设的一样，所以才特别名贵。以一对明瓷小狮子换一具车架，当然是一记竹杠，可是当郭老把酒柜架在车上摩挲把玩的时候，认为这记"竹

谈酒

113

杠"换得太值得啦。

第二件看得是鳌山承露盘，盘子是不规则圆形，长宽约方一尺七寸，鳌山高一尺七寸，跟盘子成一整体。山心中空，山呈青绿颜色，浓淡有致。山顶有一茅亭，等于瓶盖，可以挪开，以便由此灌酒，山腹可以贮酒斤半。山前有奶白色华表，约八寸高，圆径三寸。华表四周有高低不一的六个小孔，围着华表，可放六只酒杯。等酒灌满，把茅亭复位，华表上六个小孔就往外喷酒。等六杯酒都倒满，酒就自动停止外射，再把六只空杯环列整齐，华表又再出酒，六杯缺一，滴酒不出。

郭老说，这件酒器，是晚明产品，用来赌酒的酒器，他是用四件心爱古瓷才换来的。郭老从清人《玩芳漫录》查出这套瓷器是瓷州（古时瓷州出产好瓷，所以才叫瓷州）一位窑主设计烧制的，当时想把华表上的酒孔改成十个，正好一桌。可是烧来改去，始终没能成功，而这位窑主人，也就因此倾家荡产，郭老所藏就是当年未毁样品之一。这件酒器令人最不可解的，就是为什么六个杯子排齐，华表才能喷酒，酒未满杯，如果拿开一只，也立刻停止喷酒。究竟是什么原理，我曾经请教几位有名的物理学家，他们也悟不出其中究竟是点什么奥妙呢！

再有一件是一座瓷制酒桥，也是斗酒时所用的酒器。桥顶高一尺，桥长三尺八寸，桥宽五寸半，桥中拱洞高可容纳贮酒一斤的酒海（郭氏藏瓷一律制有顶底正侧幻灯片，并都注有尺寸大小）。桥左右各有十磴儿，每磴儿可放三两装酒碗一只。另外附有瓷制琴桌一张，把人分成两组，互相猜拳斗酒。最后哪一方输拳，由输方各人，从桥下酒海掏酒喝。酒海剩下的酒，由输方主持一饮而尽。全套瓷桥碗桌，都是白地青花，式样古朴敦实，让人一看就觉得浑脱天然，不类清代制品。据郭老考证所得，在他所著的《瓷谱》上记载，这套酒器是元朝至顺年间一位督理烧瓷窑大官，别出心裁，特地烧来自用的。谈到历代瓷史，明朝白地青花之大为流行，实在是元朝至顺时偶然烧成几件白地青花所引起，蜕变而来的，想不到反而成了明朝特殊的名瓷。

照郭氏所藏瓷制酒器来看，宋元明清以来，文人雅士喝酒，大都想尽方法，来提高喝酒的情调。不像现在一些酒豪，一旦相逢酒筵间，刚刚摆上冷盆，就迫不及待，相互干杯斗酒，上不了两个大菜，已经醉眼模糊，舌头都短啦。那要是比起昔贤喝酒的风流蕴藉，焉能不让人兴今不如古之叹。

醉里得真如
——有关酒与书法的杂忆

□ 洛 夫

　　想必纯属巧合，最近香港《明报月刊》辟有一个"酒茶文化"专栏，台北《国文天地》也推出"文人与酒"的专辑，两地隔海唱和，一时酒气弥漫。《明报月刊》（三月号）所载戴天的《怎忘得，从前杯酒——酒友纪事》一文，缕述中外古今之酒客、酒友与酒事，笔下文白交杂，古典余韵中夹着现代人的俏皮，读来趣味盎然。《国文天地》（二月号）的《酒的文艺篇》中，作者不但是文坛名将，也是酒国饮者，有的写《诗经》中的酒文化，有的写魏晋南北朝和唐代诗人恣肆豪放的饮酒气氛，有的品评苏东坡的酒量，有的述及张旭、怀素书法与酒的关系，古人饮酒的逸兴与醉态，尽浮纸面。唯独痖弦谈的是现代诗人与酒的轶事，写来极为生动，在掇微探秘中还引诗为证，其中有关笔者的部分，痖弦的原文是这样的：

洛夫酒量不小，酒诗颇多，例如《独饮十五行》：
令人醺醺的
莫非就是那
壶中一滴一滴的长江黄河
近些日子
我总是背对着镜子
独饮着
胸中的二三事件

嘴里嚼着鱿鱼干
愈嚼愈想
唐诗中那只焚着一把雪的
红泥小火炉

一仰成秋
再仰冬已深了
干
退瓶也不过十三块五毛

洛夫的《床前明月光》《夜饮溪头公园》《碧瑶夜饮》《与李贺共饮》等诗作，也都与酒有关。前年返乡，他到湖南长沙老家，文艺界招饮，席间有"酒鬼"、"湘泉"两种名酒，他便写了一首打油诗："酒鬼饮湘泉，一醉三千年，醒后再举杯，酒鬼变酒仙。"这可以看出他的嗜饮。洛夫喝酒，属于娇惯的饮者，常要太太亲自下厨作些下酒菜；家里也常请客，佳肴之外，还把佳酿纷陈桌上开瓶飨客，所以听到洛夫家请客，大伙儿都很兴奋。他近年热衷书艺，常在微醺中挥毫，觉得比在醒时还要酣畅淋漓。

我有关酒的诗和散文的确不少，以致造成我"酒量不小"的印象，其实我好酒却不善饮，喜欢那种三五知己畅叙时杯酒助兴的气氛，平时家中独饮，也仅浅酌一二杯至微醺而止。痖弦又说我："近年热衷书艺，常在微醺中挥毫，觉得比在醒时还要酣畅淋漓。"这倒是实情。唐代书法大家怀素在他的《自叙帖》中引吴兴钱起的赞诗云："远锡无前侣，孤云寄太虚。狂来轻世界，醉里得真如。"足见酩酊之际，不但可引发艺术创作的灵感，甚且可使作品提升到"真如"的化境。"真如"为佛家语，就形而上层次言，可解释为一种宇宙性的觉醒，就艺术创作心理而言，可解释为心灵的纯粹感应。平常人的思辨方法很难达到此种境界，唯独在酒后心灵获得大解放时，艺术创造才能臻此超越之境，王勃的《滕王阁序》与李白的《清平调》，据说都是受酒精刺激而灵感骤至的产品。但这些毕竟只是无可稽考的文人轶事，如就正常的创造过程而言，绝大多数的文学作品都是在清醒状态下完成的，而醉后创作有如神助，只是例外。我也有过如此的经验，那就是痖弦文中所说的那首打油诗。

一九八八年九月初，我与内人首次返湖南衡阳老家探亲，与隔绝了四十年的兄弟旧友团聚十天，这期间亦如所有台胞第一次返乡的情况，备受家人和文艺界人士的热情欢迎和接待，个中情节不必细表。在回大陆的前一年，即与湖南长沙诗评家李元洛通信，继而又结识了祖籍湘西，后寄居长沙的"土家族"小说家孙健忠。去大陆之前，他们就来信殷切邀我去游湘西名胜张家界。探亲之后，内人返回台北授课，我则独自前往长沙访问。逗留长沙期间，湘西吉首市酒厂派来一辆面包车专程接我赴张家界，同行者除李元洛、孙健忠二位外，还有香港诗人犁青，和湖南电视台派来随行采访的三位记者。七个大汉本已够拥挤了，再加上大批摄影器材，后座的三位记者就只好局促一隅，身手难展了。沿途秋雨不歇，途中夜宿桃源时更是大雨滂沱，又巧逢修路，路面泥泞不堪，走了两天半才于九月四日傍晚抵达湘西土家族苗族自治州的首府吉首市。当晚宿桂圆宾馆，晚餐由酒厂厂长王锡炳先生设宴洗尘，席间小饮数杯，因旅途太过劳顿，便匆匆结束。

次日参观酒厂，简报后，王厂长开始请大家品尝一杯杯罗列在桌上的最新产品："酒鬼"与"湘泉"。酒未入口便闻到一

醉里得真如

股特殊的香气，我虽不善饮，却也具备品鉴佳酿的能力，发现酒味并无一般白酒那么辛辣，而香醇不输茅台。酒瓶用陶土制成，古朴雅致，别具风格。"湘泉"呈暗红色，状似早年酒肆中那种没有壶把的圆形锡壶，"酒鬼"则塑成一只麻袋，外表粗砺如一格格的麻绳，据说两者都是湖南名画家黄永玉所设计，果然不俗。"湘泉"上市才两三年，出产不多，货未出厂大部分即为地方高干和大厂商所订购，市面很难买到，而"酒鬼"在前几年尚属该酒厂的秘密武器，仅供参观者品尝，或厂方送礼之用。

我们此行的诗家、小说家、电视记者，竟没有一位是酒徒，大家浅啜即止。由于我是主客，在王厂长的频频劝饮之下，我比其他人多喝了两杯，脸开始有点发烫，已呈半醉状态，适时王厂长命人取来笔墨宣纸，叫我题字。或许真是美酒的魔力，当下我未假思索，即卷袖提笔，刷刷刷，信手写下了平生第一首"酒鬼饮湘泉"的打油诗。醉中挥毫，腕力难到笔下，字不算很好，但写来酣畅痛快，大有东坡居士所谓"醉后辄作草书十数行，便觉酒气拂拂从十指出也"的感觉。

我的诗绝少游戏之作，这首虽称打油，却也有其韵味，如果不是在半醉中挥毫，而由苦思得来，势必没有这种浑成感。诗中因含有两种酒名，念起来琅琅上口，再加以湖南电视台的传播，故湘西一带的嗜酒者都能背诵。一九八九年在北京举办的大陆名酒竞赛会中，"酒鬼"与"湘泉"均名列前茅，据说当时会场中，该酒厂将我这首诗印制成数千张照片当场散发，拿我的酒后戏作为他们大大的做了一次广告。

大陆商人拿我的字去做广告，还不仅这一次。一九八八年我首次回衡阳探亲，当地文艺界曾假工人文化宫为我举办了一次颇具规模的欢迎会，节目包括座谈，我的诗集的展览，以及我诗作的朗诵。会后主席把我拉到一张铺好桌布，陈设文房四宝的桌子旁，要我当场挥毫留念。在众目睽睽之下，开始不免有点怯场，略经思索，最后我还是写下"为何雁回衡阳，因为风的缘故"十二个大字。这句话非诗非联，但却具有多重含义。首先，所谓"雁回衡阳"，相传雁阵飞到衡阳过冬，但不再南飞，故衡阳有一名胜"回雁峰"。涉及此一典故的诗，早有王勃《滕王阁序》中的"雁阵惊寒，声断衡阳之浦"，后有范仲淹《渔家傲》中的"衡阳雁去无留意"，俱言羁旅凄苦之情，而我的"雁回衡阳"之句，就只可意会了。其次，所谓"因为风的缘故"，这本是我一个诗集的书名，虽是信手拈来，却也是一个暗示：背井离乡四十载，我今天之所以能重返故乡，乃是时代之风转向的结果。自觉寓意深刻，尚称满意。这幅字曾配合我返乡行踪的新闻报道，在《衡阳日报》上刊出。不料我今年春节回衡阳老家过年时，竟然发现衡阳市一家餐馆将这句话放成斗大的字漆在大门的壁上，看来甚为招摇，而我又无可奈何。

衡阳诗人郭龙，最近开了一家"衡阳光明书店"，要我为他写块招牌。依我个人的"行规"，本当婉拒，但念在他也是"诗"文一脉，而且做的是文化生意，我慨然破例为他执笔，写好寄去。他趁我此次返乡，特别举行了开张仪式，还邀请了一

121

群文化界人士观礼。一阵鞭炮声过后，我做了一件平生从未干过的事——剪彩。简单的仪式之后，从硝烟迷漫中，我赫然发现店门左右竟悬有两块招牌，长短一致，都是黑底蓝字，左边一幅是我所写，右边一幅则是前辈诗人冯至的手笔。诗人写招牌已属罕见，而一间小小的书店居然同时挂起两岸诗人亲书的招牌，这不但新鲜，恐怕也是中国新文学史上绝无仅有的事。

习书艺，少不了要学会制联，中国应时应景的旧体对联繁多，俱泰半缺少创意，于是我便自出心裁，想拟制一些颇具现实性的新联。这次年初大陆之旅，赏完黄山雪景后，顺道至浙江新安江的千岛湖一游，两天来均由当地水库建设投资公司经理徐和森先生接待，次日并陪同游湖，中午在一岛上用餐。餐毕，趁酒酣耳热之际，主人拿出笔墨宣纸，要我题字。当时略加构思，不计工拙，即席诌出了一幅新联：

海峡浪惊千载梦
江湖水说两地愁

此联形式虽然仍未摆脱旧联的格局，但毕竟写惯了新诗，下联多少带点现代诗的手法。谈起制作新联，使我想起多年前写的一幅前所未有的现代诗对联，那是春节前应台湾某报之邀所作的，联云：

秋深时伊曾托染霜的落叶寄意

　　当然，此联不仅平仄未妥，对仗也不完全工整，但总算是一次新的突破，工于旧诗的朋友难免挑剔，却颇获新诗界朋友的激赏。前年台北一群现代诗人举办书艺联展，我拿这幅裱制精美的新诗对联参展，竟然被人高价买去。

　　酒后醮墨作书，任笔为体，尽管奔蛇走虺，至少气势犹在，但写诗则不然，在语言处理和意象经营上却需高度清醒的驾驭能力，而酒后只会更加心神恍惚，一点灵感刚到笔下，便随着伏案的鼾声而消失无踪。退休后，我的时间虽可自由支配，但日子反而过得懒散，偶得一二新句，也只是零星的意象，一时难以成篇，便喟然搁笔，于是临池习书便成了我日常一种不需灵感即可任意挥洒的消闲活动，久而久之，薄名在外，亲朋好友索字者渐多。本质上书艺是一种表达性情的精神产品，不像烟糖果之类可供人情酬酢之用，故不仅赠者必须乐意，受赠者也须是一位书艺的欣赏者，二者之间尤须存有某种因缘关系，授受之间不宜轻率。纵然如此，一位书法名家仍不免为频频索书所苦，颜之推在其家训中就曾如此告诫他的后人："真草书边微须留意，不必过精，以免为人役使，便觉为累。"

　　我自认书艺无成，犹未创出个人风格，习字只是为了消闲自娱，故有时友朋索书，我总是尽可能藉辞推脱，而偶有素不相识的读者冒昧来信求字，我无法做到"有求必应"，只好相应不理。有一次，老友张默楼上一位邻居偶然见到悬在他客厅中我写的一幅毛公鼎集联，颇为欣赏，便央请张默向我求字，当时我一口就回绝了。平日虽曾相识，却暗恶其人，也必然在婉拒之列，但因我不谙拒绝的艺术，而形成极其尴尬的场面，也时有发生。

一九九〇年秋，我首次到南京访问，承金陵诗人丁芒夫妇接待，并伴游玄武湖、中山陵等名胜。一日，江苏文艺出版社设宴款待，席设于秦淮河畔一家专以《红楼梦》菜肴与点心为号召的餐馆，店名叫"怡红院"或"潇湘馆"什么的，我已不复记忆了。菜谱乃由红学专家设计，每上一道菜，即由一位身着旗袍的女侍在旁报出菜名，并娓娓不休地说明这道菜是贾母史太君喜欢吃的，那道菜是贾宝玉欢喜吃的，这道点心是王熙凤常做来飨客的。女侍都受过特殊训练，对《红楼梦》的人物和菜肴，如数家珍。客人一面品尝，一面大谈《红楼梦》中各种风流韵事，席间气氛甚佳，主客的情绪也很欢洽，于是酒兴高昂，大家都有几分醉意。

饭后，一位西装笔挺的中年男子施施然向我走来，经作陪的丁芒兄介绍，原来是这家餐馆的经理。他先向我举杯敬酒，然后细说餐馆的营业现状，指着四壁悬挂的字画说：这些都是客人中的名家当场挥毫的作品。我回首四顾，果然琳琅满目。这时经理摆出肃客的姿态："请！"我一时摸不清头脑，不知所"请"何谓，正茫然无措时，丁芒兄立即解释说："老板想请你题一幅字。"我看看那位经理，果然见他哈腰不迭。我这人平时相当随和，朋友索字，通常总会满足他们的要求，但这晚我觉得不太对劲。我轻声问丁芒："他是你的朋友？"丁芒讪讪答道："谈不上朋友，来这里吃过几次饭，认识而已。不过事先我已答应了他，你就随便写几个字吧！"

这时酒精正在体内燃烧，情绪极不稳定，对这位经理贸然的要求，我实在提不起兴致，而席上七八位陪客都凝神噤声，瞧着事态的发展，我的犹豫使得局面相当尴尬。最后我想，总得找出一点点让我动笔的理由吧！既然非亲非故，那就在商言商，便偷偷问坐在身旁的主人："这顿酒席有没有折扣优待？"主人摇头示意，这更坚定了我推辞的决心，最后我终于以"不会写毛笔字"为藉口而结束了这场小小的风波。

诗人与酒

□ 洛　夫

岁末天寒，近日气温骤降，唯一的乐趣是靠在床头拥被读唐诗。常念到白居易的《问刘十九》：

> 绿蚁新醅酒，红泥小火炉。晚来天欲雪，能饮一杯无？

我忽然渴望身边出现两样东西：雪与酒。酒固伸手可得，而雪，数十年来难得一见，只有从关于合欢山的气象报告中去找。

小时候读这首诗，我只能懂得四分之三，最后一句的味道怎么念也念不出来，后来年事渐长，才靠一壶壶的绍兴高粱慢慢给熏了出来。对于饮酒，我徒拥虚名，谈不上酒量，平时喜欢独酌一两盏，最怕的是轰饮式的闹酒；每饮浅尝即止，微醺是我饮酒的最佳境界。记得陈眉公在《小窗幽记》中特别提到饮酒的适当场合与时机，他说：

> 法饮宜舒，放饮宜雅，病饮宜小，愁饮宜醉，春饮宜庭，夏饮宜郊，秋饮宜舟，冬饮宜室，夜饮宜月。

其实我认为，不论冬饮或夜饮，都宜于大雪纷飞时围炉进行。如一人独酌，可以深思漫想，这是哲学式的饮酒；两人对酌，要促膝清谈，这是散文式的饮酒。但超过三人的群酌，不免会形成闹酒，乃至酗酒，这样就演变为戏剧性的饮酒，热闹是够热闹，总觉得缺乏那么一点情趣。

数年前的寒冬，闻知合欢山大雪，曾计划携带高粱两瓶、狗肉数斤，邀二三酒友上山作竟夕之饮，后因其中一位有事羁绊，未能如期实现，等这位朋友把事情办妥，合欢山的皑皑白雪早已化为淙淙溪流了。计划期间，一位朋友说要带一部唐诗，当酒酣耳热之际，面对窗外满山大雪朗诵，一定能念出另一番情趣来。我则准备带一本《聊斋》，说不定可以邀来一位美丽的女鬼共饮。另一位想得更绝，他说他要带一部《水浒传》。赏雪饮酒与梁山好汉们何干？我们都摸不透他的玄机。你猜他怎么说：当狗肉正熟，酒香四溢时，忽见窗外一位身着破衲的大和尚，冒着风雪奔来，待他走近一看，嗨！这不正是鲁智深吗？

有人说，好饮两杯的人，都不是俗客，故善饮者多为诗人与豪侠之士。张潮在《幽梦影》一文中说："胸中小不平，可以酒消之，世间大不平，非剑不能消也。"这话说得多么豪气干云！可是这并不能证明，雅俗与否，跟酒有绝对的关系。如说饮者大多为性情中人，倒是不错的。唯侠客与诗人有所不同，前者志在为世间打抱不平，替天行道，一剑在手风雷动，群魔魍魉皆伏首；而诗人多为文弱书生，感触又深，胸中的块垒只好靠酒去浇了。

诗人好酒，我想不外乎两个原因：其一，酒可以渲染气氛，调剂情绪，有助于谈兴，故浪漫倜傥的诗人无不喜欢这个调调儿。其二，酒可以刺激脑神经，产生灵感，唤起联想。例如二十来岁即位列初唐四杰之冠的王勃，据说在他写《滕王阁》七言古诗和《滕王阁序》时，先磨墨数升，继而酣饮，然后拉起被子覆面而睡，醒来后抓起笔一挥而就，一字不易。李白当年奉诏为玄宗写《清平调》时，也是在烂醉之下被水泼醒后完成的。当然，这种情况也因人而异，李白可以斗酒诗百篇，换到王维或孟浩然，未必就能在醉后还有这么高的创作效率。现代诗人中好饮者颇不乏人，较出名的有纪弦、郑愁予、沙牧、周鼎等人。对他们来说，饮酒与写诗毕竟是两回事，并无直接影响。他们醉后通常喋喋不休，只会制造喧嚣。他们的好诗都是在最清醒的状态下写成的。至于我自己，虽喜欢喝两杯，但大多适量而止，偶尔喝醉了，头脑便昏昏沉沉，只想睡觉，一觉醒来，经常连腹中原有的诗句都已忘得一干二净。

能饮善饮而又写得一手好诗的，恐怕千古唯青莲居士一人。"钟鼓馔玉不足贵，但愿长醉不复醒。古来圣贤皆寂寞，唯有饮者留其名。"字字都含酒香，如果把他所有写酒的诗拿去压榨，也许可以榨出半壶高粱酒来。

李白如此贪杯，他的太太是否也像刘伶妻子一样讨厌酒且强迫丈夫戒酒呢？先说刘伶吧，他的那篇戒酒誓词，的确算得上是千古妙文。据《世说新语》所载：一天刘伶酒瘾发作，向太太索酒，太太一气之下，将所有的酒倒掉，且把酒具全部砸毁，然后一把鼻涕一把眼泪劝他说："你饮酒太过，非摄生之道，必须戒掉。"刘伶说："好吧，不过要我自己戒是戒不掉的，只有祝告神灵后再戒。"他太太信以为真，便遵嘱为他准备了酒肉。于是刘伶跪下来发誓说："天生刘伶，以酒为名。一饮一斛，五斗解酲。妇人之言，慎不可听！"祝祷既毕，便大口喝酒，大块进肉，醉得人事不知。这种妇人，也只有刘伶这种办法来对付。李白的太太是否也干预他的酒事呢？遍查史籍，我们找不到任何关于这方面的资料。不过，倒可以在他的《将进酒》一诗中得到一点暗示：最后他为了"与尔同销万古愁"，不是很兴奋地命儿子把名贵的五花马、千金裘拿去换酒吗？假如他事先未征得太太的同意，他未必敢如此慷慨。由此足证，他的太太当不至像刘伶妻子那么泼悍，凡事还可以商量的。

在这方面，苏东坡的太太就显得贤惠多了。《后赤壁赋》中有一段关于饮酒的对话，非常精彩，可供天下诗人的太太参考。话说宋神宗元丰五年十月某夜，苏东坡从雪堂步行回临皋，有两位朋友陪他散步而去，这时月色皎洁，情绪颇佳，走着走着，他忽然叹息说：

"有客无酒，有酒无肴，月白风清，如此良宵何？"

一位朋友接道："今者薄暮，举网得鱼，巨口细鳞，状如松江之鲈，顾安所得酒乎？"

有鱼就好办，于是苏东坡匆匆赶回去跟老妻商量。苏夫人果然是一位贤德之妇，她说："我有斗酒，藏之久矣，以待子不时之需。"

只要听到这两句话就够醉人的了。这个女人不但是一位好主妇，也可以说是苏东坡的知己。

金圣叹的《三十三不亦快哉》中，也有一则提到向太太索酒的事：一位十年不见的老友薄暮来访，一见面不先问他坐船来或是搭车来，也没有说请坐，便直奔内室，低声下气地问太太："君岂有酒如东坡妇乎？"金太太虽不像苏夫人经常为丈夫藏好酒，但毫不考虑地从头上拔下金簪去换钱沽酒，这同样是一位了不起的好妻子。

比较说来，西洋人比中国人更好酒贪杯，成年后的男人几乎人人都能喝酒。也许正因为饮酒已成为他们生活中的普遍经验，故很少成为诗的题材。西洋诗中有不少描写色情的诗，却罕闻酒香。反之，由于中国古典诗中关于友叙、送别与感怀这一类的作品最多，故诗中经常流着两种液体，一是眼泪，一是酒。泪的味道既咸且苦，酒的味道又辛又辣，真是五味俱全，难怪某些批评家认为中国的文学是纯感性的。如何在创作时保持高度的清醒，在作品中少掺点眼泪和酒，以求取感性与知性的均衡发展，这恐怕是从事新文学创作的人应该三思的。

诗人与酒

独饮小记

□　洛　　夫

再注满那只空杯吧!

把那满盈的饮干,

我无法忍受的一件事是:

既不满也不空。

　　这是最近偶然在一本书中读到的一首法国民歌,它配以什么样的曲调,我无法想象,应该不会是悠扬轻快的那一种,语像是友朋之间的劝饮,但又隐隐透露出一股"欲饮琵琶马上催"的豪情。如果由一位低沉的男音唱出,或许会引起你一阵无言的哀伤吧!

昨晚一时兴起，独自小饮两杯，浅斟慢酌，自得其乐，将一日的疲惫，千岁的忧虑，在一俯一仰之间化为逝去的夏日烟云。如说饮酒是一种艺术，独饮则近乎一种哲学。一杯在手，适量的酒精有助于思想的飞翔，如跨白鹤，如乘清风，千秋与万载，碧落与黄泉，都在一小杯一小杯之间历尽；既无人催饮，也没有人猛拉你的衣袖听取他那高蹈而无味的独语，更不虞有人会把烟灰掸在你的菜盘中，头发上。独饮通常微醺而罢，如一时克制不及，弄得个酩酊大醉，那就更有了不必洗澡换衣的借口，倒头便睡，享受着"众人皆醒我独醉"的另一番乐趣。

　　对，就是这个主意，说着说着我已干了第三杯，而且自己居然笑了起来。当注满第四杯时，不知为什么突然又想起了这首民歌的词儿，竟然放下杯子，认真地思索起来。

　　谁说不是？酒杯不是满的便是空的，亦如门不是开着便是关着，花不是绽放便是凋落，这其间似乎没有妥协的余地。门不开也不关，花不放也不谢，这算一种什么逻辑？中国有所谓"半"的人生哲学，既深奥而又逗人，那是诗的境界，非高人难以企及。譬如李密庵有一首《半半歌》，小时候不知所云，但念得朗朗有声，至今我还记得若干句："看破浮生过半，半之受用无边。半中岁月尽幽闲，半里乾坤开展。……衾裳半素半鲜，肴馔半丰半俭。童仆半能半拙，妻儿半朴半贤。心情半佛半神仙，姓字半藏半显。……"不过，话说回来，饮酒固然半酣正好，吃饭可不能半饥半饱，花可以半开偏妍，人不可能半死半活，姓字或许可以半藏半显，为人处世却不能半真半假。最重要的是，时间绝不会半流半驻；人生最无可奈何的一件东西，恐怕就是时间了，许多人追求永恒而不可得，殊不知永恒一直握在我们手掌中，当我们刚一悟到它的存在时，它已从我们的指缝间溜走了。

这么一想，自以为还真有些道理，便举杯饮了一口。

许多人曾为"永恒"做诠释，引古人之经，据洋人之典，且往往有诗为证，杜老如何如何说，莎翁如何如何讲，最后的结论无非是：永恒是时间中的空间，空间中的时间，形而上在形而下之上，形而下在形而上之下，左手心是心灵，右手心是物质，两手紧紧一握，生命于焉不朽之类。说的人口沫横飞，听的人点头称是，但细加揣摩，又像是行过一场浓雾，似真似幻，一片迷茫。前两天，浴室的自来水龙头发生故障，水电工三次电召不至，白昼市声鼎沸，尚不觉得如何，一到深夜便滴滴答答，不绝于耳，听得我由烦躁不安而到心惊肉跳，但也因此使我悟出一个新的想法：一切对"永恒"的定义，注释，辩解，都不如那水龙头的漏滴所说明的来得更为周延，更为确切，因为滴答之间，便是永恒。

我不禁为这自圆其说的推理而莞尔起来，侧脸看一眼墙上的影子，向他举一举杯，把剩下的半杯一仰而尽，然后低吟着"莫使金樽空对月"啊！可是向窗外一望，外面正在下着雨。

这时，妻正陪着孩子在灯下做功课，室内一片沉寂，远处传来卖烧肉粽的叫唤，拖着苍凉的尾音，立刻又被一阵掠过屋顶的喷射机的轰轰声所掩盖。望望盘中凉了的剩菜，伸出去的筷子又缩了回来。书房门槛旁搁着一把雨伞，明知是一把伞，却总以为那里蹲着一只黑猫。前两天买了一包"猎鼠"，一包"猎鼠"至今仍是一包"猎鼠"，这年头耗子也学得很狡猾了。窗外还在下雨，早晨妻把几盆素心兰搬到铁栏杆架上，说是沾点雨露可以长得更清秀些。我认为这是迷信，就如她说上床之前一定要刷牙一样。有人说开花的兰草不算上品，我将信将疑，总觉得这种语有点晦涩。前些日子朋友送我一株阔叶兰（不知有没有这个名词），一共四片青叶，鲜油油的挺神气，栽在一只深灰的瓦钵中，日夜浇水，殷勤灌溉，其中一片叶子居然抽了金线，足证这是一株异种，日久愈来愈黄，内心窃喜不已。据说如此品种每株可值数万元，可是，利欲方萌，第二天早晨发现它竟枯死了，想起这件事就生气。

　　无趣之事不想也罢，还是喝酒吧。我无法忍受的一件事，也是既不满又不空，干脆倒满些。酒杯边沿浮起一圈小小的泡沫，闪烁了一阵子便什么也没了。这也算是一个小宇宙的幻灭吧！多年前有段时期，境遇诸多舛蹇，心情极坏，经常有一种孤悬高空的惊惶。听人说读书可以治这种病，但也许药下得太猛，越读越觉得虚弱无力，就像患了那种说出来便会使你矮了半截的男性病。当时我坚认这个世界上所有的人都是一堆闪烁发光的泡沫，所不同的只是大泡沫与小泡沫之别而已。我写信把这个想法告诉南部一个朋友，不料他在回信中引经据典地骂了我一顿，指责我太颓废，最后借海明威的一句话刺激我：

"人可以被消灭，但不可以被击败！"

其实，问题并没有他想象的那么严重，在没有适当的条件之下，通常人是绝对不会妥协的，但被击伤是难免的；有时甚至于会在一棵树下被一片叶子，一朵花所击伤。人最容易受伤恐怕是照镜子了，"春不能朱镜里颜"，生命留都留不住，还能使苍白的变得红润吗？据说只要你连续照一个月镜子，包你会瘦成一架骷髅。无论如何，泡沫终归是泡沫，如能闪烁发光，哪怕是极其短暂的一闪而没，泡沫也就有了永恒的意义。记得二残先生在一篇文章中引用亨利·詹姆斯的一句话说："人生充其量只不过是一种绚丽的浪费"（Life at its best is but a plendid waste），并认为这是一个可怕的句子，读来触目惊心。我倒觉得这没有什么，的确没有什么，因为这是无法改变的事实。蒋坦在《秋镫琐忆》一文中说的话才真令人无可奈何，甚至手足无措："人生百年，梦寐居半，愁病居半，襁褓垂老之日又居半，所仅存者十一二耳，况我辈蒲柳之质，犹未必百年者乎。"

这些话真叫人泄气，读到这里，大多数人恐怕都难免冷汗直流。但就算如此吧，生命只有浪费得很绚丽，很潇洒，很壮怀激烈，而且每滴汗每滴血都洒得心安理得，这岂不比那些生命的守财奴坐着等死显得更为豪气！

问题虽很冷酷，但仍很高兴我的"泡沫论"与亨利·詹姆斯的想法不谋而合，值得浮一大白，于是我自劝自饮地又干了一杯。

天气凉了，桌上的萝卜煨排骨汤尚温，喝了半碗，顿感通体舒泰，酒意恰到微醺程度，如再多饮几杯，萦回胸中的那些严肃问题，也许就会在过量酒精的燃烧中化为一股轻烟，这倒不失为一个逃避的好办法。这时，我抬起头来环顾室内，发现所有的家具摆设都已掩上一层迷漾，墙上那幅庄喆的抽象山水更是满框子的烟雾氤氲，放下满过而又空了的酒杯，我望着那株已绕室一匝，迄今犹无倦意，且仍然在作无限延伸的锦藤出神。多么虎虎有劲的生命啊！但爬行得似乎太快了些，亦如人过中年后那汹涌而来的岁月。

独饮小记

137

酒与水

□ 王统照

"无人生而为饮水者。"因为惟酒有热力，有激动的资料，"水"，对于疲倦衰弱者更不相宜。

人生难道为喝白水而来吗？那样清，那样淡，味道醇化了，几乎使饮者麻木了触觉与味觉。

乏味而可厌的水却被神创造出来，强迫人喝下去；除此外，人间还有更大的不平事吗？

将渴死，守着白水，明知是可以解救一时的危急，而想吃酒的热情不能自制。纵然救了渴死，而灵魂中的窒闷怎样才能消除。"酒"，它能惹起你的兴奋，冰解了你的苦闷，漠视了痛苦，增加你向前去，向上去，向未来去的快步。总之，它是味，是力，是热情，是康健的保证者！

除却神经已经硬化了的人，那个不存着这样似奇异而是人类本能的欲念？

但是癫狂呢，沉迷呢？

如果对"酒"先存了如此忧恐，不是人生的"白水"早已预备到他的唇吻旁边？

他对着"水"显见得十分踌蹰，智慧在一边念念有词，而热情却满泛着青春的血色，也在一边对他注视。

究竟在"水"与"酒"之间，将何所取？

他的手抖颤着。

迟疑与希求的冲突，他的手向左，向右，都无勇决的力量伸出来，而智慧与热情都等待着：一在嘲笑，一在愤怒。

而且渴念焚烧着他的中心。

惟淡能永，惟无色，无味，能清涤肠胃。人生的日常饮料，如智慧然，此外你将何求？

无力怎能创造，无热怎能发动，无激动亦无健康，此外，即有智慧，不过是狡猾地寻求，而非勇健的担承！

两种声音；两种表现；两种的敌视与执着，对他攻击。

他的手更抖颤起来。

渴念从他的心底迸发出不能等待的喊呼，冲出了他的躯壳。于是这怯懦的人终被踌蹰结束了！

而两边嘲笑与愤怒的云翳，仍然互相争长，遮盖了他的尸身。"无人生而为饮水者！"长空中有响亮的声音。

"但'酒'是人生渴时的饮物吗？"另一种声音恳切地质问。"能饮着智慧杯中调和的情感，那不是既可慰他的渴念，也可激动他的精神吗？"仿佛是一位公断官的判词。

但被渴死的他的躯壳却毫无回应。

愚与迟疑早把他的灵魂拖去了，那里只是一具待腐的躯壳而已！

一九三八，七月十日大热。

淡　酒

□ 王统照

虽淡薄总是酒，"寒夜客来茶当酒"，只在意念上认为是酒，难免不自安，于是有我们的诗人的另一种哲学观了："薄薄酒，胜茶汤。"当然，比以茶作酒，进一步；然而更有进一步的"慰情聊胜无"的办法；"一觞虽独进，杯尽壶自倾"。不只是薄酒，以茶当酒；以少许胜多许，这真是超绝的看法。以茶当酒，显见得还不了彻，多一番像煞有介事的累赘。然而随遇而安，借达自慰，正是一个难关！自来评陶诗的，龚定庵却有所见：

陶潜诗喜说荆轲，想见停云发浩歌。

吟到恩仇心事涌，江湖侠骨已无多！

至于要将是非忧乐两俱忘的作者，即这般如此说，不过聊以作达，或博览者一噱。若讲身体力行，怕不是那一回事？超脱世间的烦苦，能不饮酒最妙，仍然得借酒，甚至薄酒也可。杯尽壶倾，方觉出百年何为，聊得此生！究竟是不曾把火气打扫净尽，不免咄咄之感吧。

宁可"绝圣弃智"，不能"浅尝辄止"；宁可一滴不尝，却不能以薄酒自满。对付与将就正是古老民族的"差不多"的哲理。退一步想。再退一步！衰颓，枯槁，寂灭，安息于坟墓里，究竟在人生的寻求中所胜者何在？以言"超绝"并不到家；以言"旷观"却出自勉强自慰。"淡酒"只能使舌尖上的神经微觉麻木而已，它曾有什么赠予你的精神，有什么激动你的力量？

陪老陈喝酒

□ 皇甫卫明

老陈是谁？作家陈武是也。

　　陪喝陪玩是需要一点资格的。老陈是名家，回回来常熟，陪他喝酒、喝茶，陪他访古、闲聊、晃荡的，虽才情声望不可与老陈比肩，至少算得邑中翘楚，也就是活跃在常熟文坛的圈内人士。这么说，我不是为了拔高自己。常熟文人圈中，真正善饮的人物扳着指头数不出几个，爱喝也敢喝的我，忝列为陪酒人选，与老陈隔桌相对，透过蒸腾的酒气香气仰望老陈。

　　认识老陈，是在西部一个大型的纯文学网站。网站需要名家支撑，特邀他担任"文学欣赏版"的版主，一个闲职。"妖魔的狂笑"，老陈的网名很别致，实际不需要他干具体服务，一直处于潜水状态。那年春末夏初，作协俞小红主席说陈武来了，邀我陪同。有文友热心介绍老陈，这才将他与论坛挂钩。其时，我刚入写作圈，本地小圈子尚且认不得几个。浏览百度词条中老陈的详细介绍，也算为这次受宠若惊的陪同做一点功课。

如果不是健硕的身材，如果不是把飞机说成"灰机"之类的连云港普通话，他很容易被误认为是南方人的。老陈白白净净，架一副宽边眼镜，给我稳健、儒雅、高深的感觉。主客两位，陪客十来位，酒菜和时间在固有的流程中轻松消磨。看样子，三位主席本来就与他熟识，而且不是一年两年的交好了。老陈带来了一位同乡画家，王兵，擅长山水，所以俞主席还邀请本地资深画家作陪。觥筹交错，气氛融融。

老陈当然喝白的，大概是45°的梅兰春，王兵也是。招待远客，一般都上白酒，本地产的自然最合适，但常熟不生产白酒，稍有名气的王四桂花酒上不了台面，江苏产的双沟、国缘等等权作本地酒了。早知老陈善饮。一女作家的博客中描述他喝酒，一帮省城作家去连云港采风，男男女女都有，不下一大桌吧。老陈作东，"谈笑风生间，将他们一个个放倒"。该是何等的潇洒，何等的豪气。

先入为主的了解，让我接近老陈的欲念中带着几分敬畏。一桌人围着他俩开始敬酒。陪客大多喝红酒，自然不敢提对等要求。几位喝白的，仅仅是形式上的陪同，缺少必要的勇气。看着热热闹闹，敷衍的多，浅尝辄止的多。风平浪静，没有惊

144

心动魄的豪饮，没有高潮，似乎缺少点什么。席间多数陪客与老陈初次谋面，一觉醒来估计他谁都没印象了。而我，文才口才什么的统统不咋地，凭什么让他记住我。俞老师席前关照我务必陪好二位，适当时机挺一把，弄点小高潮。我"打的"过去跟他碰杯，中号高脚杯，盛六七成合适，二两多，先干为敬。老陈顿了几秒钟，那双不怎么大的作家眼睛穿过镜片看着我，爽快地喝了杯中酒。我站在他身边，他也站着，借碰杯之兴，攀谈几句，表达对他的了解，顺便介绍自己。此后直到散席，老陈都记着我姓皇甫。

老陈是中心人物，分摊给每个人的时间有限，更多时候，同伴捉对交流。而我乖乖落座听他说话。老陈嗓音略显沙哑，声线都透出儒雅的气质，辅以小幅度的手势，典型的学者形象。我得空跟他又碰了一杯，他干杯的速度慢了些。喝完白酒，老陈又喝了几杯红酒，是他主动要求的。后来才知道，老陈擅长"混酒"，随便怎么喝，"三盅全会"，肚子里"鸡尾酒"都无妨。"混酒"砸胃，容易发凶，这是很考量一个酒客功底的。

当年中秋，与老陈第二次谋面。他给我带来一幅王兵的山水画，说是给我女儿的结婚贺礼。酒桌上随口的承诺，他还记着，这让我感动。

我无端地以为，男人是应该爱酒的。不管武夫还是文人，是显贵还是平头百姓。不喝酒的男人，少了豪气，少了情调，少了滋润，少了男人间亲近的通道。老陈后来到北京谋得一份闲职，由作家，摇身一变成"出版人"，因公因私往来常熟蛮多，每次来，基本上由作协副主席潘吉跟我负责接送，俞小红、王晓明二位主席和浦兄等拨冗陪同。喝点小酒是必然的。他太忙了，又要选题策划，又要写作，还担着作协工作，每次来匆匆去匆匆，办完事直上北京，节假日凑巧才绕道回连云港。我们很少通电话，隔一阵QQ、微信上聊几句，"等着你来喝酒啊！"每次都以类似的语言结束联络，然后屈指盼望着约定的会面。

老陈与生俱来的气场，仿佛软磁场，能在瞬间把一大圆桌的目光自然吸引过去。他在大场面，在正式场合张弛得体，游刃有余。而我更喜欢跟他去小酒肆，三五好友，无拘无束。这么些年，怎么着也有二十来次小聚吧。我们几个算是基本队员，文友加酒友，其实早越过"友"的一般意义，我们都把他看作兄弟了，不是江湖式的称兄道弟，没有生意场上桃李相报的功利，有渐渐滋生的亲情在里边。

段子中说，酒客大抵有四个阶段：轻言细语、豪言壮语、胡言乱语、不言不语。老陈很克制的，多半保持着第一种状态，即使兴奋，话多一点，绝不出格，这与他酒量、修养、自制力有关。每个人家里都藏有几瓶好酒，独享没意思，只等气味相投之人一起消受。其实，老陈不在乎酒的好坏。李国文写过老北京的二锅头，说这是平民酒，王公贵族喝也不掉档次，关键看跟谁喝。老陈呷一口，含在嘴里，等几秒钟，眯着眼，慢慢下咽，嘴唇、舌头、喉咙、食道一路品咂，做出很享受的样子，神情略带夸张，歪着头，回味似的咂巴几声，翘起大拇指说，好，好酒！他享受，我等也享受，享受着老陈这位资深酒客嘎嘣爽脆的酒风。有一回，我拿出的是家酿的土烧，上口辛辣，颇似二锅头，口感不咋的，他也同样那么享受。

文人圈里都不是太有钱的主，即便作协俞主席也徒有虚位而无活动经费，我们都是"自发电"。吃自己的踏实，不需要藏着掖着，不怕谁暗中给你塞辣椒，穿小鞋。我们可以尽兴，可以张扬，把酒局拖沓三四个小时。老陈很希望我们这么陪着他，你想，才八九点钟，就把他一个人扔到宾馆，于心何忍。老陈也会发点嗲腔，今天喝大了！他可能已经到了七八成，事实上我很少见他真正"大"过。只是舌头有些打不过弯，步态略有不稳。第二天我去接他，他照样神清气爽，谦谦有礼，照样谈笑风生。可能有一两次吧，他旅途劳顿，多喝了几杯，次日略显倦态，说不喝了，最终禁不住我们的劝，继续端起酒杯，开始几口有些艰难，等酒门一开，又找到感觉了。

日子长了，老陈知道这个圈中对他构成威胁的不多，就我能陪好他，也就说就我能与他 PK，对我的劝酒掼酒敬酒保持足够的戒心，事实上我不可能捉弄他，我们俩从未正儿八经较量过。这样啊，皇甫，我们呢机会多多，今天不是谁非要把谁放倒，所以……所以啊，我们就不要喝了吧？老陈以商量的口吻发出预警，离红绿灯还有一段距离便开始踩刹车。我们这里说把人灌醉，老陈说放倒，怎么听像"荒岛"。我学着他的口音调侃他，老陈，我"荒不岛"你的，只有你能"荒岛"我。

他说错了，一个老师普通话咋那么蹩脚？随后紧靠着椅子背不吱声，像在思考哲学命题。我跟老陈在一起时，基本都在无休止的说话状态，很少见他沉默。老陈不说话的时候，嘴部表情特丰富，咧嘴，抿嘴，撇嘴，间有难于形容的微表情。透过他五百度的镜片，他的目光纯净。按理说，作家的目光都犀利，极具穿透力，而他安详淡定，即使一脸坏笑，目光还是慈悲，颇有僧侣式的出世仪态。

　　不知怎么，老陈对黄酒情有独钟。老陈在连云港，在北京能不能喝到像样的黄酒？估计黄酒在北方没多少市场，袋装的兑制酒口感差，只能作料酒。我们几个随意小酌，老陈都提议喝点"小黄酒"。他习惯在黄酒前加个小字，就像京腔里的儿化音，可能表达一种喜爱吧。这还不容易么。常熟也产黄酒，然名气不大，产量很少。正宗的，上得了台面的当数浙江产的。不要小看黄酒，它把锋芒巧妙地隐藏在绵软的口感中，本地人谓之"下肚凶"。很多喝白酒举重若轻的北方汉子，却架不住黄酒的后劲，喝着喝着，渐渐迷糊，失去意识，仿佛温水煮青蛙。最近一次，老陈带山东客人来此，几个人三下两下干掉一坛桂花酒，却兴头不减，又让人取来黄酒续饮。这么喝法，我为他们捏了一把汗。喝到最后，老陈半趴在饭桌上，睡眼半开，有些失态。呵，我终于见到他难得一回的醉态，不过离真正的醉还有一毫米距离，因为他还以很清晰的思维嚷嚷，在座各位，你们都没"大"，就我"大"了！那几个山东汉子，除了脸部稍些酡红，神态自若，岿然不动。落座伊始，老陈互相

148

介绍时说过，他们都是一公斤的量。山东客人盛邀在座择日回访，"一公斤"，还不让我止步。

说老陈喝酒不能不说点别的。我的多篇旧作写过喝酒三要素，即酒伴、菜肴和心情。菜肴不在贵，也不在精细，而在于能佐酒。无意间发现，老陈很喜欢本地的鳑鲏鱼。前年冬日，我带他去沙家浜景区。他在拱桥上饶有兴趣看着河中抢食的小鱼，问我，我说它叫鳑鲏，俗名穿条鱼，对水质很苛求。老陈说，那算得上绿色食品，好吃么？我把家里贮藏的鳑鲏拿到饭店代加工，清蒸的腌鱼干散发出阳光的味道，入口香，有咬劲，下酒正好。老陈吃了一条又一条，点头、咂舌，无限回味。我干脆让他带点回去，他乐不可支，连说好东西。后来他说鳑鲏鱼烧白菜帮也不错，不太愿意跟人分享。小鱼还能这么搭配？我只能想象，老陈的鲏鱼烧白菜中掺着点点红辣椒，汤汁里漂浮着辣油星子，或许桌上还有一只卤猪蹄，独斟独饮，近视眼镜推到额头，小呷一口，捧一本书慢慢翻看。文人都是美食家，鳑鲏佐酒，字也佐酒。

也是一年冬天，老陈恰好赶上我老家亲戚的婚宴。几乎没作动员，欣然随我赴宴。马路边排开三幢木屋，路口撑起气拱门，红地毯从大路铺到新房。各地婚俗不一样，老陈这里那里溜达，不急于入座。酒分两席，头一席很紧张，我帮他占好了位置，在最东角落。这是腊月，寒风从门口灌进来，吃得满桌没了热气。同桌知道这是我带来的大作家，投过敬仰的目光。老陈呢，起初谦谦君子地矜持，不一会融入酒桌。他抗议我们用方言交谈，实在听不懂，插不上话，我只好临时任翻译。老陈趁着酒兴，学说常熟话，哪怕简单词汇，到他嘴里就不是那个味了。他偏要我把那个词，那句话写下来。

一帮子文人在一起喝酒，不要以为尽是高雅的文学话题，其实都是闲扯。越亲近的人话题越琐碎，越生活化。酒桌上的老陈就是酒客，没喝酒的时候，讲台上一坐，俨然另一个老陈。脱稿，两三个小时讲一个人，俞平伯、朱自清、汪曾祺……从他嘴里哗啦哗啦流出来。老陈发福的肚子里装着多少故事，不会比装的酒少吧？酒和字有各自的空间，互不干扰，更不会吵架。我俩身高差不多，曾经体重一样，肚子也差不多。现在么，日益分化。他吃饱喝足，端着肚子，看我略显干瘪的肚子不舒服了，说，不准在酒桌上秀苗条！我还能叫苗条？只是老陈比我更不苗条。

跟老陈分手又是一个月了。我的QQ签名"喝酒掼蛋码码字"，掼蛋没伴，码字太累，喝得七荤八素。酒桌上没了老陈，酒菜的滋味都打折。

杨梅烧酒

□ 郁达夫

病了半年，足迹不曾出病房一步，新近起床，自然想上什么地方去走走。照新的说法，是去转换转换空气；照旧的说来，也好去被除被除邪孽的不祥；总之久蛰思动，大约也是人之常情，更何况这气候，这一个火热的土王用事的气候，实在在逼人不得不向海天空阔的地方去躲避一回。所以我首先想到的，是日本的温泉地带，北戴河，威海卫，青岛，牯岭等避暑的处所。但是衣衫褴褛，饘粥不全的近半年来的经济状况，又不许我有这一种模仿普罗大家的阔绰的行为。寻思的结果，终觉得还是到杭州去好些；究竟是到杭州去的路费来得省一点，此外我并且还有一位旧友在那里住着，此去也好去看他一看，在灯昏酒满的街头，也可以去和他叙一叙七八年不见的旧离情。

像这样决心以后的第二天午后，我已经在湖上的一家小饭馆里和这位多年不见的老朋友在吃应时的杨梅烧酒了。

屋外头是同在赤道直下的地点似的伏里的阳光，湖面上满泛着微温的泥水和从这些泥水里蒸发出来的略带腥臭的汽层儿。大道上车夫也很少，来往的行人更是不多。饭馆的灰尘积得很厚的许多桌子中间，也只坐有我们这两位点菜要先问一问价钱的顾客。

他——我这一位旧友——和我已经有七八年不见了。说起来实在话也很长，总之，他是我在东京大学里念书时候的一位预科的级友。毕业之后，两人东奔西走，各不往来，各不晓得各的住址，已经隔绝了七八年了。直到最近，似乎有一位不良少年，在假了我的名氏向各处募款，说："某某病倒在上海了，现在被收留在上海的一个慈善团体的 ×× 病院里。四海的仁人君子，诸大善士，无论和某某相识或不相识的，都希望惠赐若干，以救某某的死生的危急。"我这一位旧友，不知从什么地方，也听到了这一个消息，在一个月前，居然也从他的血汗的收入里割出了两块钱来，郑重其事地汇寄到了上海的 ×× 病院。在这 ×× 病院内，我本来是有一位医士认识的，所以两礼拜前，他的那两元义捐和一封很简略的信终于由那一位医士转到了我的手里。接到了他这封信，并且另外更发见了有几处有我署名的未完稿件发表的事情之后，向远近四处去一打听，我才原原本本的晓得了那一位不良少年所作的在前面已经说过的把戏。而这一出实在也是滑稽得很的小悲剧，现在却终于成了我们两个旧友的再见的基因。

他穿的是肩头上有补缀的一件夏布长衫，进饭馆之后，这件长衫却被两个纽扣吊起，挂上壁上去了。所以他和我，都只剩了一件汗衫，一条短裤的野蛮形状。当然他的那件汗衫比我的来得黑，而且背脊里已经有两个小孔了，而我的一件哩，却正是在上海动身以前刚花了五毫银币新买的国货。

他的相貌，非但同七八前没有丝毫的改变，就是同在东京初进大学预科的那一年，也还是一个样儿。嘴底下的一簇绕腮胡，还是同十几年前一样，似乎是刚剃过了三两天的样子，长得正有一二分厚，远看过去，他的下巴像一个倒挂在那里的黑漆小木鱼。说也奇怪，我和他同学了四五年，及回国之后又不见了七八年的中间，他的这一簇绕腮胡，总从没有过长得较短一点或较长一点的时节。仿佛是他娘生他下地来的时候，这胡须就那么地生在那里，以后直到他死的时候，也不会发生变化似的。他的两只似乎是哭了一阵之后的肿眼，也仍旧是同学生时代一样，只是朦胧地在看着鼻尖，淡含着一味莫名其妙的笑影。额角仍旧是那么宽，颧骨仍旧是高得很，颧骨下的脸颊部仍旧是深深地陷入，窝里总有一个小酒杯好摆的样子。他的年纪，也仍旧是同学生时代一样，看起来，从二十五岁起到五十二岁止的中间，无论哪一个年龄都可以看的。

当我从火车站下来，上离车站不远的一个暑期英算补习学

杨梅烧酒

153

校——这学校也真是倒霉，简直是像上海的专吃二房东饭的人家的两间阁楼——里去看他的时候，他正在那里上课。一间黑漆漆的矮屋里，坐着八九个十四五岁的呆笨的小孩，眼睛呆呆的在注视着黑板。他老先生背转了身，伸长了时时在起痉挛的手，尽在黑板上写数学的公式和演题，屋子里声息全无，只充满着滴滴答答的他的粉笔的响声。因此他那一个圆背和那件有一大块被汗湿透的夏布长衫，就很惹起了我的注意。我在楼下向房东问他的名字的时候，他在楼上一定是听见的，同时在这样静寂的授课中间，我的一步一步走上楼去的脚步声，他总也不会不听到的。当我上楼之后，他的学生全部向我注视的一层眼光，就可以证明，但是向来神经就似乎有点麻木的他，竟动也不动一动，仍在继续着写他的公式，所以我只好静静的在后一排学生的一个空位里坐落。他把公式演题在黑板上写满了，又从头至尾的看了一遍，看有没有写错，又朝黑板空咳了两三声，又把粉笔放下，将身上的粉末打了一打干净，才慢慢的旋转身来。这时候他的额上嘴上，已经盛满了一颗颗的大汗。他的红肿的两眼，大约总也已满被汗水封没了罢，他竟没有看到我而若无其事的又讲了一阵，才宣告算学课毕，教学生们走向另一间矮屋里去听讲英文。楼上起了动摇，学生们争先恐后的奔往隔壁的那间矮屋里去了，我才徐徐的立起身来，走近了他，把手伸出向他的粘湿的肩头上拍了一拍。

"噢，你是几时来的？"

终于他也表示出了一种惊异的表情，举起了他那两只朦胧

154

的老在注视鼻尖的眼睛。左手捏住了我的手，右手他就在袋里摸出了一块黑而且湿的手帕来揩他头上的汗。

"因为教书教得太起劲了，所以你的上来，我竟没有听到。这天气可真了不得。你的病好了么？"

他接连着说出了许多前后不接的问我的话，这是他的兴奋状态的表示，也还是学生时代的那一种样子。我略答了他一下，就问他以后有没有课了。他说：

"今天因为甲班的学生，已经毕业了，所以只剩了这一班乙班，我的数学教完，今天是没有课了。下一个钟头的英文，是由校长自己教的。"

"那么我们上湖滨去走走，你说可以不可以？"

"可以，可以，马上就去。"

于是乎我们就到了湖滨，就上了这一家大约是第四五流的小小的饭馆。

在饭馆里坐下，点好了几盘价廉可口的小菜，杨梅烧酒也喝了几口之后，我们才开始细细的谈起别后的天来。

"你近来的生活怎么样？"开始头一句，他就问起了我的职业。

"职业虽则没有，穷虽则也穷到可观的地步，但是吃饭穿衣的几件事情，总也勉强的在这里支持过去。你呢？"

"我么？像你所看见的一样，倒也还好。这暑期学校里教一个月书，倒也还有十六块大洋的进款。"

"那么暑期学校完了就怎么办哩？"

杨梅烧酒

"也就在那里的完全小学校里教书，好在先生只有我和校长两个，十六块钱一个月是不会没有的。听说你在做书，进款大约总还好罢？"

"好是不会好的，但十六块或六十块里外的钱是每月弄得到的。"

"说你是病倒在上海的养老院里的这一件事情，虽然是人家的假冒，但是这假冒者何以偏又要来使用像你我这样的人的名义哩？"

"这大约是因为这位假冒者受了一点教育的害毒的缘故。大约因为他也是和你我一样的有了一点智识而没有正当的地方去用。"

"嗳，嗳，说起智识的正当的用处，我到现在也正在这里想。我的应用化学的知识，回国以后虽则还没有用到过一天，但是，但是，我想这一次总可以成功的。"

谈到了这里，他的颜面转换了方向，不在向我看了，而转眼看向了外边的太阳光里。

"嗳，这一回我想总可以成功的。"

他简直是忘记了我，似乎在一个人独语的样子。

"初步机械二千元，工厂建筑一千五百元，一千元买石英等材料和石炭，一千元人的广告，嗳，广告却不可以不登，总计五千五百元。五千五百元的资本。以后就可以烧制出品，算它只出一百块的制品一天，那么一三得三，一个月三千块。一年么三万六千块。打一个八折，三八两万四，三六一千八，总也还有两万五千八百块。以六千块还资本，以六千块做扩建费，把一万块钱来造它一所住宅，嗳，住宅当然公司里的人是都可以来住的。那么，那么，只教一年，一年之后，就可以了……"

我只听他计算得起劲，但简直不晓得他在那里计算些什么，所以又轻轻地问他：

"你在计算的是什么？是明朝的演题么？"

"不，不，我说的是玻璃工厂，一年之后，本利偿清，又可以拿出一万块钱来造一所共同的住宅，吓，你说多么占利啊，嗳，这一所住宅，造好之后，你还可以来住哩，来住着写书，并且顺便也可以替我们做点广告之类，好不好？干杯，干杯，干了它这一杯烧酒。"

莫名其妙，他把酒杯擎起来了，我也只得和他一道，把一杯杨梅已经吃了剩下来的烧酒干了。他干下了那半杯烧酒，紧闭着嘴，又把眼睛闭上，陶然地静止了一分钟，随后又张开了那双红肿的眼睛。大声叫着茶房说：

"堂倌！再来两杯！"

两杯新的杨梅烧酒来后，他紧闭着眼，背靠着后面的板壁，一只手拿着手帕，一次一次的揩拭面部的汗珠，一只手尽是一个一个的拿着杨梅在往嘴里送。嚼着靠着，眼睛闭着，他一面还尽在哼哼的说着：

"嗳，嗳，造一间住宅，在湖滨造一间新式的住宅。玻璃，玻璃么，用本厂的玻璃，要斯断格拉斯。一万块钱，一万块大洋。"

这样的哼了一阵，吃杨梅吃了一阵了，他又忽而把酒杯举起，睁开眼叫我说：

"喂，老同学，朋友，再干一杯！"

我没有法子，所以只好又举起杯来和他干了一半，但看看他的那杯高玻璃杯的杨梅烧酒，却是杨梅与酒都已吃完了。喝完酒后，一面又闭上眼睛，向后面的板壁靠着，一面他又高叫着堂倌说：

"堂倌！再来两杯！"

堂倌果然又拿了两杯盛得满满的杨梅与酒来，摆在我们的面前。他又同从前一样的闭上眼睛，靠着板壁，在一个杨梅，一个杨梅的往嘴里送。我这时候也有点喝得醺醺地醉了，所以什么也不去管它，只是沉默着在桌上将两手叉住了头打瞌睡，但是在还没有完全睡熟的耳旁，只听见同蜜蜂叫似的他在哼着说：

"啊，真痛快，痛快，一万块钱！一所湖滨的住宅！一个老同学，一位朋友，从远地方来，喝酒，喝酒，喝酒！"

我因为被他这样的在那里叫着，所以终于睡不舒服。但是这伏天的两杯杨梅烧酒，和半日的火车旅行，已经弄得我倦极了，所以很想马上去就近寻一个旅馆来睡一下。这时候正好他又睁开眼来叫我干第三杯烧酒了，我也顺便清醒了一下，睁大了双眼，和他真真地干了一杯。等这一杯似甘非甘的烧酒落肚，我却也有点支持不住了，所以就教堂倌过来算帐。他看见了堂倌过来，我在付帐了，就同发了疯似的突然站起，一双手叉住了我那只捏着纸币的右手，一只左手尽在裤腰左近的皮袋里乱摸。等堂倌将我的纸币拿去，把找头的铜元角子拿来摆在桌上的时候，他脸上一青，红肿的眼睛一吊，顺手就把桌上的铜元抓起，锵丁丁的掷上了我的面部。"扑搭"地一响，我的右眼上面的太阳穴里就凉阴阴地起了一种刺激的感觉，接着就有点痛起来了。这时候我也被酒精激刺着发了作，呆视住他，大声地喝了一声：

"喂，你发了疯了么，你在干什么？"

他那一张本来是畸形的面上，弄得满面青青，涨溢着一层杀气。

"操你的，我要打倒你们这些资本家，打倒你们这些不劳而食的畜生！来，我们来比比腕力看。要你来付钱，你算在卖富么？"

他眉毛一竖，牙齿咬得紧紧，捏起两个拳头，狠命的就扑上了我的身边。我也觉得气极了，不管三七二十一就和他扭打了起来。

白丹，丁当，扑落扑落的桌椅杯盘都倒翻在地上了，我和他两个就也滚跌到了店门的外头。两个人打到了如何的地步，我简直不晓得了，只听见四面哗哗哗哗的赶聚了许多闲人车夫巡警拢来。

等我睡醒了一觉，渴想着水喝，支着鳞伤遍体的身体在第二分署的木栅栏里醒转来的时候，短短的夏夜，已经是天将放亮的午前三四点钟的时刻了。

　　我睁开了两眼，向四面看了一周，又向栅栏外刚走过去的一位值夜的巡警问了一个明白，才朦胧地记起了白天的情节。我又问我的那位朋友呢，巡警说，他早已酒醒，两点钟之前回到城站的学校里去了。我就求他去向巡长回禀一声，马上放我回去。他去了一刻之后，就把我的长衫草帽并钱包拿还了我。我一面把衣服穿上，出去去解了一个小解，一面就请他去倒一碗水来给我止渴。等我将五元纸币私下塞在他的手里，带上草帽，由第二分署的大门口走出来的时候，天已经完全亮了。被晓风一吹，头脑清醒了一点，我却想起了昨天午后的事情全部，同时在心坎里竟同触了电似地起了一层淡淡的忧郁的微波。

　　"啊啊，大约这就是人生罢！"

　　我一边慢慢地向前走着，一边不知不觉地从嘴里却念出了这样的一句独白来。

　　　　　　　　　　　　　　　　一九三〇年八月作。

酒
——献给亡母的

□ 缪崇群

一

要不是因为野犬的狂吠，今夜的酒，或者还不能这样清醒过来。我醒了，又定了一会神，听着东邻的三弦子正丁丁冬冬的弹着。窗外是淡淡的月色，院子里静极了；我想那几张籐椅子已经被露水沾潮了。

这时大概有两点钟了，但墙阴处还飞着一两个夜游的萤火虫儿。

　　明明记得自己在洛英家里喝着酒：他们不是一杯一杯的灌我，我不是尽一杯一杯的痛饮么？他们说那是最好的陈酒，但到了我的嘴里就和白水一样了。

　　洛英还要和我比酒，他喝了顶多不过三杯，脸已经变得通红的了。他的确不行，他真不如我那样能喝……

　　席上的人都迫着洛英说留东的事故，可是洛英倒先推到我的身上来了？……

　　我痛饮着，我毫不拒绝地答应了。

　　席上的人没有不看我的，我知道他们都在惊叹我……

　　我记得我又说又唱又放声地哭，我还拿筷子敲一下盘子打一下碗，我听着这些声音越乱杂仿佛越有趣似的……

　　他们更注意我了，于是我更觉得满足得意。记得闹得最热闹的时候，洛英的母亲忽然走过来对她儿子说：

　　"英，我可不许你再喝了！"可是，"吴先生，少喝一点罢。"却很和蔼地向我笑。

　　我觉得洛英的母亲不爱她的儿子而爱我……

　　洛英终于被他的母亲厉声厉气的警戒停止喝他的酒了，我受了和蔼的劝告，反倒更兴奋了起来。

　　但是我终于不明白，我怎么会又回到自己这间房子里来了？

　　对了，这三弦子弹得正好，我随了这声音，想起了我在东京时的一幕一幕的生活了。可是我不晓得我在席间和他们说的是不是和这个一样。

二

在东京住过两年，只迁移过一次住所，就是从小林馆迁到铃木方。铃木方不像小林馆那样乱杂，因为这里是贷间的性质。这里的房东是一位老太太，有一个将要出阁的女儿叫宫子。小小的一座楼，只住着我们三个人；我在楼上，她们在楼下。

楼上是对面的窗子，假使把它们一齐打开，凉爽的风从楼腰习习的吹过，真是再清畅没有了。一个人倚着窗子，看看四围的草坪；看看草坪对过的树林，树林梢头露出来的红炼瓦的屋脊……自己仿佛忘了自己在什么地方，而四围好像全都被自己占有了一样。

可惜学校的生活是使我早出晚归的，除了星期和假期之外，就很少享到我这个住居的清福。和房东们谈话的机会，也是同样的难得。但我们之间似乎已经很熟，虽然我是一个异籍的陌生人，在她们家里却仿佛也是一分子似的了。

每天晚间，我在楼上自修，差不多十一点钟以后才睡，而她们在楼下，每晚总是弹着她们的三味线，停止的时候，也恰好在我临睡之前。

三味线在日本是一种盛行的乐器，初听的时候非常刺耳，它不但不能给人愉快，倒添了人的烦恼。日子长了，对于这三味线的声音，便也有了耐性了，所以每到晚间，她们弹与不弹，我的耳膜已经不受刺激了。

酒

春假放了，我们最欢喜的假期——一个月的闲暇终于给了我们，顿时觉得全身松快，比脱了冬天的沉重的大衣还松快。

假期里每天都是出去散步，和她们谈话或去看电影。记得有一次在附近一家新开幕的影戏院看电影，演的是一套日本片子叫"警钟"。

因为是日本剧，便也配的是日本音乐——三味线。

……幕上人马奔腾，群众厮杀的当儿，全场静极了，静得几乎听见每个观客的鼻息；可是这时的三味线却急切轮转地紧弹着，仿佛叫幕上的人马刀剑都要跳出来一样。一会儿幕上又换了场面了——一大片郁郁的松林，林下有一个武士和一个美人舞剑，配着凄冽的月色背景，这时候的三味线不知怎么又弹得那样悠扬，柔啭，还夹着一股凄凉的味道。

从那次以后，三味线就在我心里改了一个位置了。

后来她们弹三味线的时候，我常常凑到她们旁边去静听。铃木老太太大概是一个熟手，她每次都给她的女儿许多指导，并且时时替她更正弹时的姿势和唱时的音调和拍节，但我一点也不懂。

有一天晚间我们谈到了关于三味线的事情。

"你爱音乐么？"是宫子先问我的。

"爱是爱的，可恨没有一点点天才。"

"那没有什么，只要常常练习。中国也有这种乐器么？乐器里除了'曼都琳'我就爱这个了。"

"中国有一种三弦子，但比这个长。弹起来似乎还比三味线

164

劲老些，有些也极悠扬。它好像能够代表出一种沉毅爽直的民族性来。"

"是哩，三味线在日本，从很古很古就传下来了，弹得好的才好听。"她笑起来了，斜了颈子又说：

"吴先生可不要笑我啊！我是初学哩。"

"他笨得很，学了两三年还弹不好，我现在是不弹了。弹熟了的人，可以运用他的指尖，要悲壮的时候就非常悲壮，要缠绵悱恻的时候也可以非常如意。"铃木老太太的话，我想起了在电影里所听到的情景来了。

"吴先生，我已经老了"，她接着说，"这东西年轻的人弹弹还可以陶养性情，但是一上了年纪弹着弹着就会引起了许多伤心的事来。"

"音乐就是这样，有人说它是没有字的诗。"我加着说了这么一句。

她看了看她的女儿，又低着头说：

"当初我有两个弟弟，也都喜欢弹三味线，那时还没有生宫子哩。一个是死在日俄战争；一个是死在日清战争。他们的尸骨早就没有地方去寻了，可是他们的三味线却还挂在壁上。"

"妈，你怎么又想起了那些古事呀！"宫子惊讶地问。

"你弹你的罢。"

我没有作声，心里想着那挂在壁上的遗琴和那两个无名人的战骨。

"后来我的母亲就为他们想出病来，有一天竟把那挂在壁

酒

165

上的三味线丢到火里烧掉了，自己在一边还喃喃地祈祷着，让他们得着这个琴在那个世界里弹……战争是多么没有意思的事啊！"她抬起头来望一望我，"其实都是那些做官的，他们越想打仗，官就越做得大。现在的内阁殿下，不也是当初做军官的吗？"一种激愤的表情，在她的脸上浮泛着。

"到处都是带枪的厉害，他们耍威风，他们就故意地留起了八字胡子，好像八字胡子就是威风的商标一样。你看维廉的像，仁丹上的人头，不都是同出一辙么？听说日本女人习惯上都喜欢嫁军人的。"

"也不尽然哟！"宫子似乎又注意又不注意的笑着插了一句。

"像宫子她就讨厌军人，和她订婚的是一个电气会社的技师。"宫子的母亲这时也笑了，把刚才低压的空气才稍稍赶走了一点。

"我看残暴的假威风的军人，也实在不配要一个像你这样文雅多才的小姐。"宫子虽然在盯着我，可是我这样地说了。

"那么像吴先生这样好的人，将来要配一个什么女人呢？"她反过来问起我，琴也不弹了。

"我么？是一个独身主义者。"

"呀，笑死人了！我见过许多许多当初抱独身主义的，过后他们选择配偶倒比什么人还急迫。"

"我敢相信我将来不是那种人。"

她不睬我了，她依旧翻她的琴谱，哼，她的新学的腔调了。

166

"你也许毕业回国后再拣好的罢？中国的女人的确比我们的美丽，她们美得清秀，不像日本女人爱擦一脸怪粉。"

"也不能一概而论的，女人爱带盒子炮的到处都有。"

她们都笑了，又问我中国有没有留仁丹胡子的，我说大概也不少。

三

愉快的春假，不久就过去了。窗外的绿阴也渐渐的浓郁了。粉色的樱花早已谢了；池畔的杨柳也可以垂到人的肩背。不久的时候，郊外的田里已经有了麦堆，而蝉声也从树林里嘶叫起来了。

楼下三味线的声音，倒渐渐稀少了。虽然有许多美静的夜晚，她们也不拿它助兴了。我因为暑期的考试将到，也就不常下楼谈天。后来我知道她们每天都在灯下做着活计。一个人面前放着一把美丽的团扇，中间又放着一个点着蚊香的小香炉。旁边堆着一些要做的单衣服，夹衣服，锦垫子，绣带子，等等。

我猜中了她们忙的是什么了，于是更不愿意打扰她们的宝贵的光阴了。

有一次我从外边打过网球回来，推开门时，她们正在过路的地方缝着一条大花被褥。

"回来啦，不热么？"

167

"热是热的，不过打球时的痛快，就忘记了过后的热了。你们一天忙到晚，也不休息一刻儿么？"我一边脱鞋子一边说。

"对不起，你从这边走罢，"她们卷起了被的一角，留出一块席子让我走。"趁夏天日子长，预先把东西做齐，省得临时着忙。"

"快要恭喜小姐了罢，是明天还是后天？要不然是大后天罢？"我走进了里边的一道门，又停住了脚问。

"不，那里有这样快呢？你想我能够让她这样快的离开了我么？"老太太仰起头来看我，宫子却把头低下了偷笑着。

"那么是八月里罢？否则就是九月；反正出不了十月。"我说的时候，我的手一下一下地拍着球拍上的弦子。

"反正你到时就知道了。"宫子放下了针线，很郑重地说，"独身主义者是不该问人家这些俗事哩。"可是她依旧板不住面孔，到底噗嗤一声的笑了。

那天晚上吃过饭回来，看见宫子一个人坐在屋里，脸上好像闷闷不乐似的，并且蕴藏着一种神秘情绪。整天的劳动，现在仿佛才得着一会偷闲静思的时刻。

我轻轻的从她的门外经过，不敢扰动了她的冥想，她的神经不知怎么像受了摇撼似的，已经不能保持刚才的宁静了。

"不在楼下谈谈吗？"随手就递给我一个垫子。

"伯母呢？出去了吗？"我还是立在门口。

"进来坐啊。她要十一点钟才回来哩。一个人真觉得寂寞。其实母亲并不常出去，我不在她的跟前，我觉得比什么都寂

寞。"她说话的时候，我也在垫子上坐好了。

"是的，常常寂寞的人还不觉得什么，只有欢聚惯了，一旦酒阑人静，寂寞的悲哀，就格外难堪了。"我的话是显然拿她和我作比喻的。

"弹三味线啊。"我看见挂着的三味线，忽然进了一个策。

"那里有心肠呢。"她的眼光一直溜到三味线上去，又很快的落到席上。

因为她说没有心肠，我也就没有什么话可说了。

她的脸正正对着我，啊，这么一个丰润的绯红的脸，仿佛时时在自然的颤动着。她摇着扇子，微微的把那种日本女人固有的气味搧到我的鼻孔里来了。我不好意思地也低了头。啊，可是她胸腰之间佩的一条花带，带上那些新奇的图案纹路，不知怎么更骚动我了。我的心，这时恐怕她怎么也不晓得我在想什么罢！我想着那条宽带子里面紧紧地包裹着两个正好握满着的丰腴的乳峰。乳峰的底下便是一个扑通扑通跳着的心果——未婚的女人的心果。那心里的核子，不知道是由多少神秘的纤维组成的。顺着看到她的腰肢，大腿，大腿的中间，一直到膝盖的曲线，都被她的长白的夏衣包得好好的。也可以说除了那些肉的曲线紧紧的让薄衣包裹着以外，中间再没有丝毫的空隙了。还有一对像白鸽似的脚，双双地伏在她的身子后边。

我这样的看，这样的想，大概总有好几次了。

"吴先生喜欢看小说罢？"我被她问得惊醒了，幸而没有听错了她所问的话语。

"以前最喜欢看，还学着写作过一点，现在已经完全丢弃了。"

"我也是最喜欢看，并且心里好像有许多许多材料要写出来，可是怎么也不知道从何处下笔。"

谈了许多人的作品和自己的嗜好，心里阴自感到这世界上无论什么地方的人，终归是有着人所共鸣共感的作用的。

贴和的谈话继续着，时间就觉得很快的过去了。看看时计，已经指到十点半了。

"听听明天的天气预报怎样。"说着她把那广播无线电的耳机套在头上。

"咦，你听，菊岛夫人的独唱还没有完哩。"又除耳机来给我套上了。

一个高朗带颤的女人喉咙在唱着：

　　……

　　孩子啊，睡罢，睡罢！你安详地睡在这歌声的夜里；

　　孩子啊，睡罢，睡罢！你永远睡在母亲的温柔的怀抱里。

　　你的心儿，怎么这样的轻跳，轻跳着呢？

　　现在啊，你睡了，你也许奔向那仙境般的梦地：

　　你和天使儿舞蹈，你和天使儿游戏，

　　但是——孩子啊！你还是睡在温柔的母亲的怀抱

里……

"是唱的《亲子》罢？"

"……"我点着头，耳机里歌声歇了，不久，

"j-o-A-K-j-o-A-K-"停了一会又报告着天气：

"明日风向东北，温度高，朝鲜海峡和日本海的低气压向西南推近。J-o-A-K-……"耳机里再没有声音了。

"明天是好天气吗？"

"是的，温度恐怕还要增高哩。"我把耳机除下了。

门响了，她的母亲笑眯眯的捧着一个花包袱回来。时计已经十一点过五分了。

"请安息罢。"

四

光阴从来像蛇爬燕飞般地无声去了。它从来不曾赦免过垂死的老人；它也从来不曾住着步儿让青春的人们留恋一刻。暑假，又已经放了一个多星期了。自己的生活除了多打几次球，多到池畔去散几回步之外，一切都没有变更。同学们回家的回家，找爱人的找爱人去了。有钱的人们，更是享受不尽的逍遥的岁月，他们有的到海滨浴场去，有的到温泉所在的避暑山庄去。我自己，还是我原来的自己。

孤独的悲哀，从不曾占领过我的心地，那些安乐的浮华的

酒

幻景，在我眼前总是失了他们的颜色与外衣，我看见了的是他们的骨骼，是他们的灵魂，除了铜臭就是肮脏的发了酵的污血，腐了，生了蛆虫的烂肉……

房主人和她的女儿都到大阪去了。是举行婚礼去了。这一所楼的主人职务，暂时就由我兼代起来了。临睡时候关紧了大门，再看看有没有遗落的星火。早晨起来，也拿一把长柄的帚子扫一扫自己的房屋和楼梯和过道。工作完了就拾起早晨送在门缝里的报纸，躺在过路看个完全。

自己出去有事，或者到池畔和郊外散步的时候，照例是把大门锁好了的。我的手一摸到口袋里有一把小小钥匙，我心里就有一种说不出来的愉快，虽然知道武藏野上有一所楼房是要我负责的，但我心里反觉得异常的清爽而洒脱。

"吴先生近来更寂寞了罢。"有一天我起得很早，在井沿处洗盥的时候，邻居的主妇问。

"不，还和从前一样。"

"吴先生怎么不回国呢？一年就是这么一个长的假期。"

"回去也没有什么意思的。"

"令尊令堂不想么？"

"不……"我挤干了一把手巾，"我是一个没有母亲的人。"

"是吗？吴先生原来没有了母亲啊！年纪还轻呢。你看铃木宫子，二十多岁还被疼得像个孩子似的。这么远的路程又是热天，她母亲还要到大阪送亲去呢。"

"母亲对于儿女，或者儿女对于母亲，再也没有听说过是计较着什么利害的了，他们只晓得一味的相爱；她还要为他们负着痛苦，爱到死，还要为他们祝福，为他们祈祷，还迷信着另一个世界里得着再聚。"混迷在我眼帘里的泪水，也就被我很自然的用手巾拭去了。

"是哩，你的话一点也不曾错说。"

"没有事情到这边来坐坐，我们这里还有 Radio。"

"谢谢你，我们也有，还是一个喇叭的放声机哩。这两天因为大孩子不舒服，就没有开，省得哇拉哇拉的吵他们。"

洗盥过后，又从厨房的旁门走上楼去。觉得楼上比往常更冷清了似的，我的心，也仿佛生了一个一个的刺。

又过了两个多星期，房主人一个人回来了。她说怕我心急，在开学之前赶回来了。她比走的时候瘦了许多，上了年纪的人，对于旅途上的辛苦是不该再吃了。

告诉她上月的电灯一共点了七个半字，保险公司的行员来过一次。还有一封是宫子的信。

过了两天学校便开课了。我的生活，重新交给钟声和书本支配去了。

从学校回来的时候，房主常常不在家里，不是看见她在邻居家里出来，就是预先把钥匙交给我，直到晚间才回来。

一到晚间，她照例是念一遍晚经的，一个人默默地跪在一个佛像前面喃喃地念着阿弥陀佛。过了这个时候，我们这所楼就和郊外的森林一样沉寂。楼下不再有三昧线的声音了，却常常送过一阵一阵的暗香，很沉醇的暗香，这大约是从那佛像前

酒

面香炉里传出来的。晚间的自修时刻虽然比以前清静多了，可是反觉得不甚自然似的。我读书也不愿意读出声来，仿佛生怕这可怕的沉寂扰破了更觉无味了。

邻居的檐头挂的一个小风铃儿，不时地冲破了沉寂，叮当叮当地响着，这时深深感动了我，几乎叫我的周身痉挛！并且我想想它会同时感动了那楼下默坐着的老人罢？一个年老的人，到了这样的境遇，也委实和冬天到了向晚一样：不一刻夕阳便会落山的，不一刻黑幕便会罩满了四围的，不一刻朔风会狂吼了起来，会把枯叶吹尽，枯枝折尽的。

现在是十月初的天气了，可是夏天的余威还没有消杀。加上自己思虑过度，神经衰弱，以致每天夜里都失眠了。睡到很晚，有时也自动的把身体弄得非常疲倦，但是睡下去还是眼巴巴的望到天明。鸡鸣的时候，我感不到一点愉快，反唤醒了更疲惫了。当那东方的曙光刚刚从窗隙里透进的时候，我就喜欢得如同走出了一条长长的隧道了。不等太阳出来，我挟着几本书便去郊外呼吸那种还带湿润的空气了。

"吴先生近来瘦了，眼睛也陷下去了。"

"我倒不觉得。"

"大概是夜里睡不着罢？我近来也是的，整夜睡不着。"

"是吗？睡不着真是最伤人的，思虑过度的人都容易得这种症候。不过睡的时候越想压制了思虑，而思虑反更涌胜，越想镇定自己，可是自己越急躁了。"

"唉，睡不着真是没有法子，漫漫的长夜，自己在黑暗里才觉得黑暗的可怕。黑黝黝的夜，仿佛是黑黝黝的一群魔鬼在伴着自己。夜虽然非常安静，可是耳内总是有许多呜呜的响声。唉，也许因为我是老了的缘故罢？"她一壁说着一壁摇头，她没有注意我这个曾红了眼圈的少年人在同情着她。我这个同老年人一样受了不可恢复的创痕的少年！唉，永远的一块缺陷，是运命么？是运命么？

闷闷地上了楼，照着镜子，果然发现了面上带了一种菜青的颜色，眼睛仿佛也比以前狞恶了。

拿起了报纸细细看了一遍，有几个药房的广告，登着卖安眠药的，说半小时就可见效了。有一种叫"阿达林"，是东京最有名的制药社的出品。我于是立刻跑到药房里去了。十二粒的药丸就要八十钱，啊，好贵重的安眠的代价！那个店员和我包药的时候，我就东望西望，两边玻璃橱里和柜台上满满陈列着各式各样的药瓶子。还有几张画得很好的广告画挂在墙上，有一张是横滨酿酒场的。上面画着一个笑眯眯的中年妇人，举着一个满盛着玫瑰色葡萄酒的高脚杯子，旁边写着：

美酒才是养人的，祝你满饮此杯，康健！宁神！安眠！

我想这安眠药是不可以胡乱的给那个老年人吃的，就买两瓶红葡萄酒送给她罢。这酒是赤玉的商标，看着就讨人喜欢。回来的时候，她正念晚经，我到楼上看过那张"阿达林"安眠药的说明书才提着两瓶酒下去。她正带着一副花镜看信。

"吴先生，宫子来信了，她说度了蜜月，在十月底可以来东京哩！她说这次要把三味线带到大阪去。"

酒

"那么你可喜欢了罢？不过今天晚间恐怕又乐得睡不着了！"

"……"她只是笑，两片唇，许久拼不起来。

"这一点没有意思的东西送给你，请收下罢。"我从背后把两瓶酒拿了出来。

"什么啊？是酒么？"她除下眼镜来问。

"是的，两瓶葡萄酒，睡前喝一盅安一安神，就可以睡着了。"

"真是多谢你了！你自己不会留一瓶喝么？"

"不，我有咳嗽病，不喝酒，我已经另外买了安眠药。"

"好，年轻的人对于烟酒是该戒的，宫子在家的时候我就不让她喝酒，我心疼她身子弱。"

"当父母的都是这样哟！"我因为急欲试验安眠药的效力，就没和她长谈了。

五

"Tadayima！（日本人回家时的一种话）"

"Tadayima！"

大门被推开之后，听见这种声音，一个女的，一个男的。

我知道宫子回来了，那个男人当然是新婿了。

黄昏的时候我正想出去吃饭，楼梯忽然响了，铃木老太太送上了一碗红豆饭来。

“吴先生吃点点心罢。你怎么不到楼下坐坐呢？”

“正想下去哩，我有点不好意思见生人。”

“那没有什么的……”她又放轻了声音：“你可不要告诉宫子说我有病哟！”

“……”我点点头。她在我旁边明明还喘息着。

她近来是时常说心跳头痛的，整天的躺着不起来，那个无线电的耳机，一刻儿也不离的套在她的头上，成了她唯一的伴侣了。宫子今天回来了，也许喜欢得把自己的病忘了罢？但为什么又嘱咐我不要讲起呢？其实，她不嘱咐我，我也不会讲起的，这是一层暗色的云，虽然一时可以遮过去了，但将来的暴雨呢？……

我终于鼓着勇气下楼去了，我对她们说了几句我已经预备好了的话。

啊，宫子，在我眼前的宫子，现在好像是一朵牡丹已经盛开了。她身上所有的那种日本人固有的气味，像是浓了好几倍还不止。啊，她怎么也是擦了一脸怪粉而不自觉啊！我又暗自想起了那一天的晚上。

她如今不再寂寞了罢？她那花腰带里面藏着的一个心果，心果里的核子，所有的神秘的兴奋的纤维，怕早已变成了诱惑色的表皮了罢？变成了熟的果浆了罢？

到饭馆里把许多冷面条子装进肚里，同时还装了许多无聊的念头。我又无言地回来了。经过她们房门的时候，看见她们母女和新婚三个人正在吃饭，饭桌上摆满了茶碟和茶碗，啊！

酒

177

在那个男子的面前还放着一瓶葡萄酒——一瓶赤玉牌的葡萄酒！

我心里忽地涌上了一股疾忿，一股悲哀！

——自然啊，爱她的女儿，就更爱她的女婿。

——自然啊，自己爱吃，自己还要省下来给所爱的人吃。

——自己有病，自己又要助人喜悦！

——唉，不过是一瓶酒，也许还不满一瓶的酒，它已经深深浸到了我的心扉了！我的心，这时好像一只久已搁浅了的破舟，忽然被泪浪一波一波摧摇起来了！

——啊！人伦的爱和陌生者的爱，毕竟是这样的不同！这样地隔着泰山北海！

我的心灵哟！我这像破舟似的心灵哟！人伦的爱，已经和沉在西方的太阳一样了。从此，在这黑暗的波流里，任着暴风和疾雨去摧残罢！破舟里装满了黑水之后，自己一定就会深沦下去了！

楼下三味线的声音，夜夜又传进耳朵里来了。我听了厌烦极了。但有时也被那种颤音吸引出我的泪来。我想这时一定是那个老年人弹的。

这位不速之客停了很多日子才离开这里。

第二年的开春，我的咳嗽病又剧发了，我知道是怎么发的。

朋友们探病来的，都现着一副愁容。

"老吴，问过医生，说你要好生静养哩。"

"是的，我想回去才好。"

"医生说照你现在的热度，在路上恐怕有危险的。"

虽然我温度极高的当儿，我何曾忘了那悠远荒凉的北京，何曾忘了那北京城里寄着我母亲还未安葬的棺柩呢？

"医生说，像你这样的体质，怎么也不该喝酒了。你为什么一点也不珍爱自己呢？"

我没有话可以回答我的朋友，我更有什么勇气说我要说的话呢？

侥幸过了四五个星期，病渐渐脱离了危险的时期了。

记得是五月里的一个下午，我倚在铃木方的门口：

"再见了，我希望你能到大阪和小姐同住去。"

"想是想去的，不知能不能去哩。吴先生再见了！到家之后，来一封信哟！"

"也请你代我致意罢——"我还没有说完，邻居的主妇已经走出来了。

"吴先生走么？不再回来了吗？"

"是的，我不想回来了。"

"再见了！"

……

从那天就离开东京了，以后东京的一切，还时常在杯光里映着，在母亲遗像前面的一枝香烟里飘渺着，在邻人传过来的琴音中回转着……

今夜也是，随了那丁冬丁冬的三弦子，不觉中就把过往的史页一张一张地翻了一回。可是胸口不知怎么越发紧张了，像

酒

沸了的水，一阵一阵向上涌腾起来……

我呕吐了，我不知呕吐的是什么。呕吐之后，我就不再晓得我自己了，只觉得骨肉麻倦，心神茫然。一口短短的气，在不满两寸长的喉管里上下着……

真好像坐了一只破舟，渐渐向黑的冰凉湿重的水里沉没一样！

醉美葡萄酒

□ 陈　武

　　德国的小城镇，实在都是一副模样，整洁的街道，两三层古朴或现代的楼房，远处山冈上古老而神秘的城堡，还有藏在茂密树林中尖顶的教堂，这些都是小城镇基本的模式。那天，我们在一家快捷酒店入住后，才是下午四点多钟，离晚饭时间还有两个小时。于是大家便三三两两走出酒店。

　　小镇的傍晚安静祥和，阳光很透，气候温润，不用几步，就走出了小街，走进了乡村田陌——路边岗岭上是绿茵茵的草地和森林，再远处的山冈上，是大片的葡萄园，随着山冈的走势而逶迤起伏，一直连绵到远处的山脚。我想，这个小镇，一定是盛产葡萄了。也或是葡萄酒的产地也未可知。

通向远方的路上没有人影。我走了约五分钟，才有一辆银灰色的小奔驰从身边悄然滑过，一个拐弯，停住了——原来是停车场。我近前一看，哈，一间乡村酒吧。

酒吧的门面不大，一个门厅进去后，直接就是几排精致的小方桌。桌子上铺着洁白的台布。此时的酒吧里只有三五个人，他们静静地坐着，或品着葡萄酒，或喝着大杯的黑啤。我找一个靠窗的位置坐下。潜意识里，也以为和国内一样，会有服务员拿着酒单过来。但是吧台里那个金发碧眼的先生，并没有过来招呼我，而是麻利擦拭着盘子里的酒杯。我也不急。时间还早，好好享受一下德国乡村酒吧的安逸和宁静吧。我开始打量酒吧的客人，靠里边的，是一个老者，头发花白，正在读一叠报纸，面前一杯红色葡萄酒。在酒吧中央的位置上，是一个东方面容的女孩，长长的黑发，不经意的裙装。她是侧对着我的，戴一副精巧的无框眼镜，皮肤说不上好，鼻翼两侧有细密的雀斑，一副亲和样子。她面前的桌子上，放着一本杂志，杂志上是一本书和一本精致的笔记本，本子里夹着一枝笔。此时她正在品尝杯中的酒。她一直把杯子端着，看着酒中红色的液体，轻轻抿一口。可能是注意到我在看她吧，转头朝我一笑。她牙齿不好，有些乱。笑得却友善。我也跟她点一下头。她跟我举一下杯子——不是要跟我干杯的意思，应该是让我也来一杯。我想起翻译的话："如果到了德国，至少要品尝二十种葡萄酒，否则，算亏大了。"

我跟吧台的服务生举一下手。

我想要一种当地产的葡萄酒。但是我德语一窍不通，无法对酒吧服务生表达，只好用汉语说："有当地酿造的葡萄酒吗？"

　　对方显然没有听懂我的话，便跟我叽里咕噜一番。

　　我求援似的望向女孩——如果她能听懂我的汉语，说明她是中国人。果然，女孩替我解围了，她用德语跟对方说了一通。服务生听后，跟我微笑着点头后，回吧台倒了半杯红葡萄酒。跟女孩又说一句。女孩立即跟我翻译："这是他们最好的葡萄酒，原料就采自当地的葡萄园。"

　　我跟服务生点头致谢。

　　女孩汉语很好，普通话比我标准多了。她是哪里人呢？从她的口音中，我真没有分辨出来。好在，我的酒来了。但是对于品尝葡萄酒和葡萄酒的知识，和我的德语一样，一片空白。我只会小口地饮着，让酒在口里多停一会儿。我注意到，隔着我三四张桌的女孩，又看书了。那杯酒在她胳膊边上，色泽非常的美。我想起凄艳这个词。我知道这个词不准确。但是，杯中的红酒，是那样的红和透，有种明亮的樱桃色，搭配她周围的氛围，真的找不到一个合适的汉语单词了。

　　大约半个小时吧。我把剩下的酒一饮而尽。跟服务生结账。

　　便宜，只要三点五欧元。

　　我故意绕两步，到女孩的桌边，跟她打招呼告别。我轻声说："你再坐一会儿，我得回去了。"

　　"这么急啊？"她说，"可以坐很久的。"

我听懂她话外的意思——她有跟我继续交流的欲望。

由于思想上没有准备，我嗫嚅一会儿，才说："……酒不贵。"

"是他们自酿的葡萄酒。"她看一眼对面的凳子，说，"我再请你喝一杯。这儿的白葡萄酒也不错，应该品尝一下。"

这正是我求之不得的，本来对她的身份我就充满好奇，再加上也想了解葡萄酒的相关知识——我看到她那本杂志的封面上，是一幅葡萄园的彩色照片，猜想，可能是一本关于葡萄或葡萄酒的专业杂志。

我坐下后，保持着和善的笑容。看着她为我叫来的一杯白葡萄酒。浅稻草黄的酒色很明丽，隐约的，飘起一种清冽而醇厚的芳香，萦绕在我周围。我不知道这芳香是来自面前的白葡萄酒，还是来自于她。总之，这种特殊的芳香让人心醉。

我们开始小声聊天。基本上都是她在讲。我偶尔也会问。比如她姓名。比如这酒吧的名称。她都毫无保留地告诉我。这样的，我知道她在柏林的一所大学读博。她还告诉我这间酒吧的名字，很别致，叫"灌木丛"。她更多的是跟我讲葡萄酒的有关知识——德国的葡萄酒文化很浓烈，不亚于那些热热闹闹的啤酒节。有不少地方，还开发葡萄园旅游区，世界各地的游客都会来品尝葡萄酒。但是中国游客一般不来，他们喜欢去大城市，喜欢购物，喜欢拍照。你是我在这里见到的第一个中国游客。你来这里就对了，会真正体验到当地人的生活，也能感受到葡萄酒文化对他们的浸染。他们的日常生活，和葡萄，和葡萄酒紧密相连，已经是日常的一部分了。这间酒吧里的酒，大都是他们自己酿造的，品种多达五六十个。其实品尝葡萄酒也不难，多喝点就差不多了，无非是四种感觉，一是在舌尖上的感觉；二是在舌头上大面积的感觉；三是喝到嗓子里的感觉；四是再往下走的感觉。慢慢体味，你会觉得很奇妙。

在她讲话的时候，我注意到，她是乍一看普通的女孩，再一看，会发现她独特的美丽来，就连鼻翼两侧的雀斑，也很恰如其分。我端起杯，照她的话品尝一口。真是奇妙得很，我居然品尝到她说的所谓的那种"感觉"了。

她看着我品酒的神情，说："怎么样？再来一杯？"

还没等我回答，她冲吧台又为我叫一杯。还和服务员交流几句。

待酒上来时，她说："这是一种叫白皮诺的葡萄酿造的酒，出自小镇最好的酿酒师，口味醇正，你品品看，有一种香草和矿物质的风味。"说罢，眼睛定定地看着我，又一笑，说，"我喜欢这款。"

她的话听起来很舒服，有一种把我当成知己的感觉。我喝一口。老实说，我在品酒"速成班"还没有毕业，没有把这款酒品尝出特殊之处来。

可能时间还早吧，她问我去没去这里的葡萄园。我告诉她我一个小时前才住下来，明天一早就要赶往黑城门。她说这里的葡萄园实在值得一看，在葡萄园里可以任意放松，可以找到回归自然的感觉，可以身临其境地采摘葡萄。她的话当然很有

醉美葡萄酒

185

诱惑。我当然很想和她在这异国的黄昏时分，一起去山上的葡萄园，一起采摘葡萄，一起看美丽的落日霞光。但是她没有这个意思，我也不能提出来——何况我们是一支二十多人的大部队呢。

"你在这里要呆很久吗？"我问。

"还有一个星期。"她说，"我在写一本书，一本关于葡萄酒的书。或者，关于酒美人生的书。"

"这是你专业吗？"

"不是。"她灿烂一笑，脸红了，细密的雀斑更为明显，却是有种特别的性感，就像杯中的葡萄酒，"我也想学这个专业，可惜不是，呵呵，但是葡萄酒是我最大的爱好。"

她的话让我有些惊异和感动。一个女博士，把葡萄酒当成最大的爱好，可见她是一个多么热爱生活、享受生活的女孩。

晚饭时间到了。我跟她告辞。

"出门向右拐，一条小路通往山上，十几分钟的路吧，有一小块葡萄园，你可以去看看。"她微笑着说。

我看到，她坐着的椅子转动了方向——原来她坐在轮椅上——我愕然了，心，怦然跳动起来，激越而感动。我注视一眼她的长裙，长裙下的假肢。

我惊异的神色没有逃脱她的眼光，她一笑，说，没事，我送送你。

我没有让她送我。我告诉她，我一定去看看她说的那块乡村葡萄园。

第二天，我们乘着大巴，继续沿着莱茵河谷地，向北驶去。

从车窗望出去，在莱茵河两岸的崇山峻岭上，有难以计数的葡萄园。一架架排列整齐的葡萄架，连绵逶迤，十分壮观。在我的建议下，翻译第一次给我们讲解关于葡萄园和葡萄酒的相关知识，她说，在德国，乃至整个欧洲，葡萄园分类很细，有法定产区（DOC 级），还有保护法定产区（DOCG 级）。葡萄的品种更是繁多，什么品种的葡萄，酿造什么品质的酒，都是有来头和讲究的……

我思想渐渐开起了小差，我想起灌木丛酒吧里那个年轻而残疾的女博士，想起她关于葡萄和美酒的谈话，想起她对生活的热爱和对美酒的迷恋，我心里不由升起感动之情。窗外的美景如诗如画，交替变幻，一张美丽女孩的面孔映现出来，和山峦绿树重叠，模糊又清晰……

不知为什么，我眼圈有些湿润。

从那之后，一直到现在——也许将来也是，饮用葡萄酒，成为我一大爱好，也成为我思想和情感的寄托。

酒桌上的红颜

□ 王　千

秀色可餐，形容美貌动人无比，只有用吃来作为最高的境界。中国文化一大特点是善于用吃来比喻，"治大国如烹小鲜"，说的是治国这样的大事，"狗行千里吃屎"，是说本性难易，"吃亏"，是说失利、失势、失败，是亏损、溃退、蚀本，但无可挽回，因为吃进去了。

秀色可餐，这秀往往不好吃，吃下去，也吞不下，吞下去了，也消化不了。消化了，也会带来倾国倾城的隐患，因为"自古红颜多薄命"，于是有女人祸水的错误之说。但餐桌上无"秀"，也往往缺少了很多的滋味。八条汉子、十条汉子在那喝酒，是一种变相的斗殴，是酒劲的较量，但如果有红颜的加入，就另有意味了。原因古代君王饮酒，必有美女歌舞，今日权贵聚餐，少不了靓女名模。酒色财气，财气最能通过酒色体现。

喝酒不是男人的专利，酒桌上常常不缺红颜高手。女性微醺，会比平常多几分娇媚和柔情，《红楼梦》里史湘云被人称颂，除了那一手好诗外，还离不开那次著名的醉酒。第六十二回，史湘云和林黛玉比才斗诗玩谜语，先赢后输，被罚醉，因而有了文学史上的著名描写："果见湘云卧于山石僻处一个石磴子上，业经香梦沈酣。四面芍药花飞了一身，满头脸衣襟上皆是红香散乱。手中的扇子在地下，也半被落花埋了，一群蜜蜂蝴蝶闹嚷嚷地围着。又用鲛帕包了一包芍药花瓣枕着。"芍药花瓣，蝴蝶蜜蜂，煞是迷人。

《红楼梦》的时代，女性饮酒属于半禁忌，只有大观园中的女眷们方可如此醉卧芍药。近百年来，西风东渐，男女平等首先在饮食上实现，原来女人不上桌的陋规早破，女人饮酒也就顺理成章了。就我所知，当代女性饮酒者并不比女烟民少，早先的三里屯酒吧、现在的后海酒吧美眉们的数量和须眉相比，男女比例绝对不会失调，而是旗鼓相当。夜色降临，夜风习习，红颜们和知己或非知己们在略带消沉的音乐中碰杯，一吐块垒，一解心愁。设想一下，如果后海的酒吧，少了那些风姿绰约的红颜美眉们，会是怎样灯火不辉煌、夜色不迷人！当然美眉红颜去后海，也是为了看风景，但她们也成为了风景的一部分。

不过，酒桌上的红颜常常不是为知己而饮，她们会带着任务去喝，是另一种的牺牲。记得几年前曾有某地发生女公务员因陪酒身亡被追认烈士的事件，当时舆论一片哗然。从受害人来说，要求赔偿是正常的，但作为一级政府，把喝酒作为任务交给她，是可耻的。

看到这则新闻，我想起了那个著名的荆轲刺秦王的故事。荆轲为什么愿意去充当人体炸弹，除了对秦始皇的不满外，还有一种传说，说是燕子丹为了让荆轲刺秦，花了很长时间让荆轲花天酒地，"车骑美女恣荆轲所欲"，凡事都顺他心意让他高兴，过着神仙般的生活。有一次，燕子丹和荆轲饮酒，饮酒必有美色相伴，当时一美女古琴弹得极为美妙，荆轲称赞女琴师的那双手太动人了，不一会，燕子丹让厨房上了一道亘古未有的菜肴，盘子里放着一双美丽绝伦的纤纤玉手。燕子丹为讨好荆轲，将那个年轻美丽的女琴师的双手砍下来，作为荆轲的下酒菜。荆轲无以回报，于是舍身刺秦。我对燕子丹的行径充满厌恶，燕国后来的灭亡也是必然的。如此视人民、视女性如草芥的王朝，岂能不亡？

喝酒是个军事问题

□ 王　干

聚会不喝酒，如同喝茶不放茶叶。

聚会的类型是各种各样的，有的是公务，有的是私情，公务如开会，如宴请，私情如同学会、老乡会，公务私情凑到一张桌子上来，都是要气氛的。这气氛，不光是吃几个菜，喝一碗汤，肯定要喝几杯。这几杯如何喝，可是有说法的。

喝酒是有主题的，主题各种各样，但酒桌上的人，总是希望有人被击倒，但这个喝倒的人们是谁，千万别是你，请客有主宾，一般主人希望主宾喝高兴，什么叫喝高兴，就是喝高了。如果你是陪客，你喝倒了，属于喧宾夺主，浪费了主人的酒，还伤了自己的身体。如果你是主宾，喝倒了，有失仪态，弄不好还酒后乱许愿，乱承诺，如果再乱签字，就更糟糕了。所以，把握好自己，做好主角和配角，是不被击倒的基本酒德。

也常常出现一些无主题的酒局，但这种酒局常常混战一团。因为酒桌上从来不乏较劲的人，这一较劲，就要分出高下来，高下不见得是酒量，而是酒智。喝酒的智慧，如同用兵打仗，如何团结一切可以团结的力量，结成最广泛的统一酒线，"打击"最强大的对手，是酒客的军事哲学。酒桌如战场，你要审时度势，观察好"敌情"，合理分布酒力，何时劝酒，何时敬酒，把握好良机，笑到最后。

最常见的是高调喝酒者，气势如虹，先声夺人，咕咚咕咚几杯下肚，赢得满堂彩。气氛因此产生，于是你一杯我一杯，觥筹交错，其乐融融。高调进入者，往往低调退出。像打仗打冲锋的人，易损兵折将。而那些不动声色，常常开局号称不能喝的人，往往会是潜在的杀手，待众人皆半醉他独醒，再出招，一剑封喉。

那些酒场老将们，也会常常遭遇到挑战。北京作家刘一达是写老北京的高手，我读过他的《掌上日月》、《胡同味道》，那股老北京的味儿和老二锅头一样，足有68°，浓烈醇厚。他是饮者中的高手，在电视上夸过海口，摆过擂台，是酒坛上的常胜将军。常有不服气的，上门斗酒，刘一达来者不拒，他的惯用战法，是重武器先用，每人一大缸，足有三两，如不认输，再来一大缸，基本摆平。我问老刘，你怎么受得这猛酒了？一达兄说，一我是主场，养精蓄锐，以逸待劳，他车途劳顿前来挑战，先输了一阵。二是，酒量大的，往往是慢酒。喝快酒的常常是馋酒。果然是军事问题，扬长避短，攻其不备。另外，刘一达还私下告诉我一个小诀窍，就是斗酒前，先吃一个二两大馒头，海绵似的吸酒。我在这里透露秘方，希望刘大将军不要见怪。

也有不畏醉酒的，甚至醉后不悔的。评论家孟繁华属于酒桌上的高调进取的先锋，他是那种"尽管筛来"型的，喝不到位，是不肯离桌的。所以作家们吃饭，常常会想起他，我看过一位女作家写他的印象记里写道，孟教授酒品甚好，喝高了，身份证、钱包随处乱扔，说是身外之物。多可爱啊！

当然，可爱是别人眼中的感受，而当事人就不一定了。我在北京醉得最惨的一次，是十几年前，刚到北京，为刊物扭亏为盈，要拉一万块钱的封底广告，请人吃饭，咕咚咕咚表示热情，豪言壮语，胡言乱语，然后钻到桌子肚里，醉得不省人事。第二天醒来，发现躺在单位的宿舍里，不知道怎么被送回来的。想吐，又吐不出来。喝酒的都知道，醉了不怕吐，就怕吐不出来。吐了，就轻松了，好多人还可以接着喝，但吐不出来，意味着内脏中毒了，难受无比。那次我昏沉沉睡了一天，直到傍晚，好心的同事看我一天没动静，敲门知我醉了，拉到医院输液，才慢慢缓过来。

而且，酒后出尽洋相，当时一位好友因我言语伤人，当场退出，与我绝交，而我浑然不知。人生败仗，不堪回首。

酿酒颂

□ 王　千

现在想来，我见过的最早酿酒师是母亲，我很小的时候，就看到母亲开始做一种叫"酒酿"的食品。酒酿学名应该叫醪糟，是糯米发酵而成。

做酒酿的程序比较复杂，在我们家是件大事。先煮好糯米饭，这糯米饭有讲究，不能太硬，也不能太软，所以煮饭前糯米一定要泡一泡，泡到一定的时候才可以上锅。母亲说，饭要一粒一粒地不相黏，酒酿就成功一半了。当时，没有电饭煲，也没有蒸笼，这煮饭的火候很难把握。有时候，太软了或太硬了，我们就兴高采烈地吃一顿糯米饭，至今我对黏食依然保持着浓厚的兴趣。如煮成了，我们就兴高采烈地嚼锅巴，咔嘣咔嘭地响，香。

　　饭做好后，就是晾，但不能晾得太久，饭冷了，拌酒药（酒酵）就不热，就会影响发酵。饭这个时候会铺在桌子上，像北方人擀面一样，这个时候，母亲再用酒瓶子碾酒药，南方很少自己擀面，所以没有擀面杖，用酒瓶子或酱油瓶凑合用。酒药子碾碎后，母亲就开始用手拌进米饭里，拌得越均匀越好。拌好以后，趁热装进一个坛子里，后来有钢精锅之后，也放在钢精锅里。装好之后，在糯米饭上面，用筷子搅几个圆孔，据说是让透气的，然后盖上棉垫或旧棉衣，放到一个饭捂子里，捂上三四天，等酒酿的香气溢满屋子时，就可以开吃了。

　　酒酿发酵的过程是个让人焦急等待的过程，母亲更是带着神秘甚至神圣的神情去观察酒酿的生产过程，我们有时候大气不敢出。现在我明白酒酿发酵的要素主要是温度，一般要三十度左右最好发酵，但南方的冬天屋里没暖气，如果碰上冷空气降温，发酵的时间会长一些。在酿酒的过程中，母亲是不让打开看的，说会漏了气。有时候我和妹妹们偷偷看一下，不知为什么我们每次偷看，总会被母亲发现，总会遭到母亲的斥责。后来我发现，母亲也偷偷地看，等夜深人静我们都睡了的时候，她也偷偷揭开棉垫看动静。根据我的观察，如果酒酿酿制顺利的话，酒酿就像孕妇的肚子一样会悄悄地鼓起来，饱满的白白的米粒每一颗都闪着晶莹的光。如果发酵不顺利的话，米粒就显得有些憔悴，颜色有点发暗。如果酒酿成熟了，那些原先用筷子捅开的圆孔，一个个溢满了乳白色的米酒汁，泛着甜蜜的笑，这时候，你就明白为什么有酒窝这个词，为什么"一笑两个酒窝"那么迷人，原是另一种通感。

如果三天还没动静，母亲就开始想办法加温了，加温的方法就是把烫焐子放进去，来增加热量。烫焐子就是后来的热水袋，冬天睡觉用来取暖的。烫焐子外面要包一层布袋子，防止烫伤。我们家有两个烫焐子，一个是纯铜的，一个是锡的。一般先是用铜烫焐子加温，如果还没动静，再用锡的，有时候加温管用，有时候加温不管用。酒酿不发酵，就像人长僵似的，怎么给他营养液都不长。但有时候，你把它忘了的时候，酒酿会突然一夜之间成熟。记得有一次夜里，我被一阵浓郁的桂花酒香惊醒，酒酿的香味直往鼻子里钻，直往胃里钻。一家人，都被这酒酿的芬芳催醒了，索性起来尝几口，那味道在舌尖上舞蹈。因为这一次做酒酿母亲尝试加了点桂花，但迟迟不好，本以为做砸了，没想到在几天之后，在大家以为它只能喂猪的时候，忽然飘香醉人。

酒酿做砸了，是很让人沮丧的，我现在还记得母亲当时沮丧的表情，好像一部艺术作品毁了似的。这酒酿很奇怪，做好了，人人抢着吃，做不好，喂猪，连猪都不爱吃，非让猪饿几顿，猪才勉强吃几口。没有酒味，那米是木渣渣的，不是味同嚼蜡，而是啃树棍一样难以下咽。

说了这半天，其实是说酿酒的难处，因为在古贝春酒厂，我参观了他们的酿酒车间，看到工人们在辛勤地劳作，我想到了年迈的母亲做酒酿的往事，也知道古贝春这些年能够美誉四方的原因了，他们在精心酿造佳酿和美酒，是有根的企业，不像有些酒厂忘了做酒的根基在于酿酒，而只想通过勾兑投机取巧。古贝春人在酿造美酒的同时，还时时刻刻不忘酒文化的建设，不忘弘扬中国文化的传统。"诗酒一家"，我们看到了诗酒碑林"桑恒昌诗苑"，看到了诗歌大道，我们在那里和前辈的诗魂、酒魂相遇。还读到了诺贝尔文学奖得主莫言书名的《四季飘香》的散文集，在那里我们又和当代的文人墨客悄悄邂逅。古贝春人酿出的酒味浓，营造的酒文化深厚，所以我斗胆挥毫写出了这样的词：古贝春浓仙境出，武成秋深诗意来。

喝酒的故事

□ 杨树民

七年前，单位破产，混迹于江湖，喝酒总是难免的。人在江湖漂，哪能不喝高？像我这样漂而不高的，似乎不多。我有20多年的酒龄，属于浅尝辄止型，喝高只有两次，都发生在这七年之中。七年两醉，多乎哉？不多也。

有人问我不醉的秘诀。无他，装死而已。

一般而言，酒桌上，话多者，必喝多。因为，你成为众矢之的了。一人不喝酒，喝酒找对手。人们都喜欢找活跃的人喝酒。喝酒的理由很多。只要你说话多，一定可以让人找到和你干杯的理由。同乡啊同学啊同龄啊都可以喝酒。不同龄也可以喝酒，要想好，大敬小。

现在喝白酒都是小壶加小杯的配置。一壶二两五，两壶就是半斤。第一壶是要喝完的，这叫喝完没商量，否则，大家都空着酒壶等着你，就像大旱之盼甘霖。因此，没有二两五的酒量，你就不要上桌了。第二壶可以商量。这主要是针对女士，或者，的确是不胜酒力的男人。男人到了需要别人照顾的地步，基本上都有"不行"的嫌疑了。可是，还要嘴硬，不能说不行，只是说，这两天连续作战，不在状态……

　　新浦这儿，两杯之后，开始介绍。有按逆时针的，这是体育局的做法。有先客人后主人的，这是外交部的做法。也有官本位的，这是组织部的做法。介绍完毕，再共同干杯（这是第三杯了）。然后，就分头开战、捉对厮杀了。

　　敬酒一般一杯就行了，这是新浦的喝法。到了灌云，就不通行了。那里是两杯，这叫"好事成双"。到了灌南，又不行了，要喝四杯，叫"一方"，又叫"事事如意"。现在，在全市人民都是小壶配小杯的时代，人家灌南换成厚底玻璃杯，一杯半两，一口一个。敬酒的时候，挨个喝，一圈下来，就是半斤。能喝的，转个两圈三圈，不成问题。灌南号称"麻雀都能喝四两"，何况人乎？

　　枣庄人喝酒开场有气势。如果主家出三个人陪酒，依照职务大小，分一陪、二陪、三陪。第一杯（高脚杯大约二两五）酒是要分七口喝完的。一陪，敬酒三次，二陪，敬酒三次，以上随便你喝多少。到了三陪，只敬酒一次，必须喝完。有人先多后少，喝得逍遥。有人先松后紧，喝得吃劲。

白酒领衔，红酒紧随，啤酒殿后，这叫"三中（种）全会"。有人不掺酒，于是得到"单纯"的美誉。有人什么都能喝，于是"好色"的绰号非其莫属。大酒量的，号称"白酒一两瓶，啤酒尽管拎"。我还真的看到喝了一斤的人，离开酒店，还很清醒的样子，能找到回家的路，估计还能喝一斤。喝酒就像喝水，二两五的杯子，一饮而尽。喝啤酒是嘴巴对着酒瓶口，飞流直下三千尺，还不带上厕所的。和这样的酒仙相比，我只能算是酒徒（学徒）了。

大约是快餐时代了，文学的类型也越来越讲究速成。短信、段子，是当前的一种文化现象。段子的发布地，一个是在 QQ 群里，一个就是在这个酒桌上了。段子的内容一般而言有两个，一个是政治的，一个是性的，如果还有第三个，那便是政治性的。段子的发布者，一般而言，是主家，为了烘托气氛，所谓酒不够，烟来凑。吸烟有害，段子添彩。宾客为了答谢主家的盛情款待，有时候也会奉献一段。这个时候，主人和客人都会发出会心的微笑，甚至是哄堂大笑。只有涉世未深的姑娘羞红了脸，抿紧了嘴巴，装淑女。也有比较二的女生会弱弱地问道："说的是什么呀？"卖萌。

据说，酒桌上有三种人惹不起：扎小辫儿的，吃药片儿的，红脸蛋儿的。个中原因，我没有研究。

点菜有讲究。公款吃喝，大款请客，基本上都是说个数字就行了，人均 100 元，人均 120 元，甚至 500 元的，都可以。这样，厨房好配菜，主家省事，客人也觉得吃得轻松，人家有钱啊，不在乎。如果是点菜，最好是看菜点菜，这样主家可以远离客人了。主家自由，割肉也是自己一个人默默难受，没有观众。客人也就没有愧对主家需要支付同情费的尴尬。如果是看菜单点菜，服务员站在身边，不住地提醒你，最低消费还没有到呢，您再点几个吧，否则，就请您换个小包间吧？我们也是没有办法，经理就是这么规定的……严重影响食欲。

翌日说起昨晚喝多少，总能多出一瓶酒来。喝了半斤报八两，喝了八两报一斤，总怕报少了，让人耻笑了。原来，酒量是胆量，酒品如人品，我们喝的似乎不是酒，而是肝胆。身体喝趴下了，人格却能竖立起来。很多兄弟，就是在酒桌上结拜的。很多合同，也是在酒桌上签订的。所以说，酒场如战场，杯中乾坤大，壶中日月长啊。老干部会说，带着年轻干部出去锻炼锻炼，基本上就是喝酒了。在一个单位，有二斤酒量的人，基本上就不用上班了，上饭酒桌就行了。

进饭店好像进景点一样，照相机是必需的。一盘菜上桌，动箸之前，先立此存照。闲来翻检美食图片，又能重吃一遍。大约是上了年纪的缘故吧，感觉这世间，最美的，不是美景，不是美文，不是美女，而是，美食。